Didier Daeninckx

Das Schloß bei Prag

Roman

Gneisenaustraße 2
10961 Berlin

Layout und Umschlaggestaltung Gudrun Fröba
Titelfoto: Schloß Dobříš, Rückfront, 1995,
Aufnahme von Oldrich Karásek, Prag
Foto des Autors: Jacques Sassier, © Gallimard
Druck und Bindung: Pustet GmbH, Regensburg
ISBN 3 88747 102 4

Didier Daeninckx

Das Schloß bei Prag

Roman

Aus dem Französischen übersetzt von Ronald Voullié

: TRANSIT

Die Macht ist ein Gefangener ihrer eigenen Lügen, und deshalb muß sie Vergangenheit, Gegenwart und Zukunft fälschen.

VACLAV HAVEL

Das Theater und die Macht

Die Widmung

Ein Mädchen an jedem Baum, nach der tschechischen Grenze, wenn man aus dem ehemaligen Karl-Marx-Stadt kommt. Brünette, Rothaarige, Punks, entblößte Schenkel, Hoffnung auf den Lippen. Die Schatten von Baumstämmen und Beinen glitten über die Kühlerhaube des Safrane. Er mußte mehrere Male scharf bremsen, bis der Typ vor ihm seine Wahl getroffen hatte. Das Mädchen beugte sich zum Fenster, der Minirock war nur noch ein horizontaler Strich, die Tür öffnete sich: »Willkommen in der Tschechischen Republik...«. Sie wurden handelseinig, und das Paar verschwand im Unterholz. Alle zehn Kilometer bauten Erdölkonzerne eine Tankstelle, die Banner der Raffinerien flatterten im kalten Herbstwind. Frédéric Doline steuerte zunächst Hradec Králové an. Er fuhr durch die brachliegenden Felder der Polabi-Ebene und durch menschenleere Dörfer, die sich fröstelnd unter ihre renovierten Kirchtürme duckten. Während eines kurzen Aufenthalts an einer »bleifreien« Tankstelle rief er seine Frau an. Der Anrufbeantworter spielte ihm seine eigene Stimme vor.

»Sie haben die richtige Nummer gewählt, aber es ist niemand da. Hinterlassen Sie bitte eine Nachricht, wir werden uns so bald wie möglich bei Ihnen melden.«

Er wartete auf den Pfeifton.

»Hallo Nina, ich bin's. Ich bin in Tschechien, in der Nähe von Nová Paka. Komm schnell nach Hause, ich möchte gern deine Stimme hören. Ich rufe später wieder an. Ich umarme dich.«

Doline hielt am Ufer der Elbe an. In einem Gasthaus bestellte er eine Portion Schweinebraten mit Knödeln. Im Nebenzimmer probte ein Orchester bäuerliche Tänze, die Kellner schlängelten sich im Rhythmus der Musik durch die Tischreihen. Als Nachtisch gönnte er sich noch ein Bier und fuhr dann leicht beschwingt weiter. Auf dem Gipfel eines Hügels konnte er im Radio einen französischen Sender empfangen: Nachrichtenfetzen, Werbung, rhythmisches Knacken... Es wurde dunkel, als er die Berge des Sudetenlands erreichte. Er verließ die Hauptstraße und bog in einen

Feldweg ein, der zu den Vorstädten von Ostrava führte. Der Dreck der Spurrillen spritzte auf die Windschutzscheibe. Einige hundert Meter vor den Arbeitersiedlungen wand sich am Rande eines Hügels ein weiterer, etwas breiterer Weg entlang, der direkt in eine Mulde führte. Doline schaltete vorsichtig in den ersten Gang. Als er die Scheibenwischer einschaltete, erblickte er die verfallenen Anlagen eines Tagebau-Bergwerks. Er wich einer großen Pfütze aus und hielt bei einem Fördergerüst. Die zuschlagende Autotür schreckte ein paar Krähen auf, die auf dem zerlöcherten Dach der Umkleideräume hockten. Doline nahm ein Dossier aus seinem Versteck unter dem Ersatzrad und schob es in eine Plastiktüte. Er ging einige Schritte auf die Grube zu. Nach der trockenen Wärme während der Autofahrt ließ ihn die kalte Luft frösteln. Er schlug den Mantelkragen hoch und steckte sich eine Zigarette an. Durch einen Windstoß schepperte das Schild über seinem Kopf, STARIK II, und plötzlich hörte er das typische Motorengeräusch eines Wagens aus dem Osten.

Ein Wartburgkombi schoß mit voller Geschwindigkeit durch die Schlaglöcher und rutschte auf den Spurrillen der Kipper entlang. Er fuhr mitten durch die Pfütze und ließ dunkle Schlammfontänen aufspritzen, bevor er neben dem Safrane anhielt. Ein etwa fünfzigjähriger Mann in einem Wollmantel kletterte aus dem Wagen, sein Beifahrer blieb sitzen. Er bückte sich, nahm einen Diplomatenkoffer vom Rücksitz und ging freundlich lächelnd auf Frédéric Doline zu. Doline erkannte ihn zunächst nicht und wich mehrere Schritte zurück. Pokorne verstand: er lüftete den zerbeulten Hut und enthüllte einen Schädel, glatt wie eine Kanonenkugel. Doline lächelte, schnippte seine Kippe beiseite und trat näher, um Pokorne zu umarmen. Der Glatzkopf stieß ihn sanft zurück und sah ihn an.

»Du scheinst gut in Form zu sein. Du hast dich seit dem letzten Mal nicht verändert.«

»Das ist ja erst vier Jahre her!«

»Ja, aber vier lange Jahre! Hattest du eine gute Reise?«

»Ich kann mich nicht beklagen, ich bin gestern nachmittag in Paris losgefahren und habe in Gera übernachtet. Der größte Teil der Strecke ist ja Autobahn.«

Pokorne hob den Diplomatenkoffer hoch und übergab ihn Doline.

»Hier ist alles drin, was du haben wolltest. Eine Menge unnützer Papierkram. Ich hatte keine Zeit, das Zeug zu sortieren.«

»Es ist immer besser, zuviel zu haben als zuwenig.«

Doline öffnete den Koffer, um sich die Papiere und Kassetten anzusehen. Pokorne griff in seine Manteltasche, zog ein schmales Bändchen aus der Reihe »Schweiß der Zukunft« heraus und schwenkte es wie ein Rotgardist.

»*Ernte des Teufels*... Kein schlechter Titel. Der Oberst hat es sich besorgt. Er würde gern eine kleine Widmung haben.«

Doline legte den Koffer in den Kofferraum des Safrane, stellte einen Fuß auf die Stoßstange und benutzte sein Knie als Schreibunterlage. Er beugte den Kopf und schrieb den Namen des Obersts auf das Titelblatt. Pokorne tat so, als ob er ihm über die Schulter blickte. Er griff erneut in seine Manteltasche. Mit einer knappen Bewegung drückte er den Revolverlauf in den Nacken des Schriftstellers. Der Knall verscheuchte die Krähen. Er wußte, der Schuß war tödlich, aber um ganz sicher zu gehen, schoß er Doline eine zweite Kugel in die Schläfe. Er bückte sich, löste den Füller aus den verkrampften Fingern seines Opfers, hob die Plastiktüte und das erd- und blutbeschmierte Buch auf und warf es in den Kofferraum des Safrane. Am anderen Ende des Geländes setzte sich ein Bagger in Bewegung. Die Maschine fuhr auf eine Kohlehalde zu, und die Zähne des Bulldozers begannen ein Loch zu graben. Das Material wurde auf ein Förderband geschaufelt, das in den Himmel ragte. Kohlebrocken fielen herab und bedeckten den Körper Dolines und den Safrane. Zwei Stunden später sah das Gelände von STARIK II genauso aus wie vorher. Mit einer kleinen Ausnahme: die Kohlehalde war etwas näher an die Grube gerückt.

Der Wartburg rollte ruhig in Richtung Prag. Jaroslav hatte das Steuer übernommen. Er war etwa dreißig Jahre alt und hatte ein ausdrucksloses Engelsgesicht. Er sagte kein Wort und fuhr stur geradeaus. Pokorne hatte den Sitz zurückgeklappt. Nach einer solchen Arbeit verspürte er immer ein Bedürfnis nach Schlaf. Der blaue Lancia überholte sie am Ortsausgang von Olomouc, als sie ihn gar nicht mehr erwarteten. Jaroslav hielt auf einem kleinen Parkplatz neben riesigen Betonsilos. Er legte die Hand auf den Türgriff, doch Pokorne war schneller.

»Rühr dich nicht, und sieh nicht hin!«

»Wieso? Gibt es etwas zu sehen?«

Pokorne ging um den Wartburg herum und stellte sich neben die Vordertür des Lancias.

Die dunkle Scheibe senkte sich ein wenig, so daß das Gesicht des Obersts nur halb zu sehen war. Der Killer hörte die Worte, ohne die Lippen des Sprechers zu sehen.

»Habt ihr alles?«

Pokorne zeigte Dolines Plastiktüte.

»Sehr gut. Der Kofferraum ist offen.«

Pokorne verbeugte sich und die Scheibe glitt wieder hoch. Er legte die Dokumente hinten in den Lancia, der sofort wieder losfuhr und dabei Kies gegen die Karosserie des Wartburg schleuderte. Seine Rücklichter verschwanden hinter der nächsten Kurve.

Cash and Carry

François Novacek blieb einen Moment vor den Büchertischen stehen. Unter einem Stapel herabgesetzter *Balladur*-Ausgaben lagen die *Memoiren* von Lacenaire aus der Edition Plasma. Eine Rarität in gutem Zustand, für zehn Francs. Der Buchhändler überreichte ihm seine Entdeckung in einer rosa Tüte, die besser zu einem Sex-Shop gepaßt hätte. Novacek gab ihm das Geld und dachte, daß er den Schmöker zum halben Preis hätte haben können, wenn er gehandelt hätte. Er tröstete sich damit, daß man um die Memoiren eines Unterweltkönigs nicht feilschen, sondern sie einfach klauen sollte. Er setzte seinen Weg durch die Boutiquen des Einkaufscenters fort und mußte zweimal einen Dealer abschütteln, der sich an seinen Ärmel klammerte. Das *Salengro* lag auf der unteren Ebene am Ende der Rolltreppe. Wie vereinbart, setzte er sich unter die Anzeigetafel mit den Rennergebnissen. Er trank gerade seinen zweiten Kaffee, als sie sich neben ihn setzte.

»François Novacek?«

Er erblickte eine etwa dreißigjährige Frau in Jeans und Lederjacke, die auf sechs Zentimeter hohen Absätzen balancierte.

»Höchstpersönlich. Ich nehme an, Sie sind Nathalie Brehier?«

»Ja. Sie sehen erstaunt aus.«

»Ich hatte antiquierte Vorstellungen von Gerichtsbeamten.«

»Wollen Sie immer noch mitmachen?«

»Sonst wäre ich nicht hier. Ich setze nie einen Fuß in eine solche Umgebung. Ich kriege schon Schweißausbrüche und Herzklopfen, wenn ich in die Parkgarage fahre. Das ist eine Phobie. Darf ich Ihnen etwas bestellen?«

»Ich finde es besser, wenn wir gleich losgehen. Ich bin auch ein bißchen nervös.«

»Nehmen Sie meinen Arm und vergessen Sie nicht, daß Sie für eine Stunde meine Frau sind.«

Sie gingen zu dem Teil des Einkaufszentrums, der wie eine Pariser Straße dekoriert war. Straßenlaternen aus Plastik, Bäume aus dem gleichen Material, vorgetäuschte Bänke... Es fehlten nur noch ein paar Obdachlose auf ihren Pappkartons. Nathalie steckte ein 10-Franc-Stück in den Münzschlitz des Einkaufswagens, dann stürmten sie auf die Warenstände des Euro-Markets zu. Zwei Wächter, die wie Schwarzenegger aussahen und Fallschirmjägeruniformen trugen, überwachten den Ansturm der Kohorten von Hausfrauen und Rentnern. Ein weiterer marschierte mit einem riesigen Hund, der einen Maulkorb trug, vor den Kassen auf und ab. Sie durchquerten erst den menschlichen Sperrgürtel und dann das elektronische Drehkreuz. Novacek warf Waren in den Einkaufswagen, die er wahllos aus den Regalen zog. Nudeln,

Zucker, Mineralwasser, aus Somalia geretteten Reis, Schokolade. Als er den Kopf hob, sah er in einem Gitter zwischen einem Entlüftungsschacht und einem Kabelkanal eine versteckte Kamera. Er schob den Einkaufswagen in den Bereich der Kamera, setzte eine verschwörerische Miene auf, öffnete mit seinem Autoschlüssel eine Ausstellungsvitrine und griff sich eine Kassette mit einem Videospiel »Super Mario Land IV«. Er riß die Sicherheitsplakette ab, die auf der Verpackung klebte, und steckte das Spiel in die Innentasche seiner Jacke. In der nächsten Viertelstunde entdeckten sie drei weitere Kameras und klauten direkt unter ihnen einen Photoapparat von Konika, einen Elektrorasierer von Braun und eine Flasche Eau-de-Toilette von Drakkar. Sie stellten sich an die Hauptkasse und legten ihre offiziellen Einkäufe aufs Band, wobei sie heimlich beobachteten, wie die Wächter in ihre Walkie-Talkies flüsterten. Als die Kassiererin auf die Additionstaste drückte, kam der Typ mit dem Hund langsam näher. Seine beiden Kollegen unterbrachen die Überwachung am Eingang und begannen unauffällig, mögliche Fluchtwege abzuschneiden. Novacek bezahlte mit einem Zweihundert-Franc-Schein. Er hatte kaum das Wechselgeld zurückbekommen, als sich die Meute auf sie stürzte.

»Was wollen Sie? Ich habe bezahlt!«

Einer der beiden Terminatoren zerquetschte ihm die Schulter, während der andere Nathalie in Schach hielt.

»Folgen Sie uns, ohne Aufsehen zu erregen. Wir wollen nur Ihre Einkäufe kontrollieren.«

Novacek protestierte der Form halber, aber das brachte ihm nur ein abschätziges Grinsen des Hundeführers ein.

»Wenn Sie ein reines Gewissen haben, haben Sie nichts zu befürchten.«

Verfolgt von Hunderten von Augenpaaren, gingen sie an den Futterzahlstellen entlang. Manche Blicke sagten »recht so«, andere dagegen »Pech gehabt«. Halb und halb... In Begleitung ihrer Eskorte schoben sie ihren Einkaufswagen durch das Lager und umkurvten Wände von Waschmittelkartons und Berge von Damenbinden, wobei sie den unberechenbaren Bewegungen der Gabelstapler ausweichen mußten. Schließlich stieß man sie in einen Bürocontainer in der Mitte der Lagerhalle. Ein Mann wippte auf einem komfortablen Chefsessel und überwachte die vor ihm aufgebaute Batterie von kleinen Bildschirmen. Er hob flüchtig den Kopf und klopfte mit den Fingerspitzen auf die Schreibtischplatte.

»Leeren Sie bitte Ihre Taschen!«

»Ich verstehe nicht, Sie müssen sich irren!«

Statt einer Antwort drückte der Mann auf den Knopf eines Videorecorders. Auf dem Schwarz-Weiß-Schirm erschienen Novacek und Nathalie. Sie rannten mit Vollgeschwindigkeit zwischen den Regalen hin und her, durch den schnellen Vorlauf sahen sie aus wie »Charlie Chaplin im Kaufhaus«.

»Ein Gameboy von Nintendo, eine Konika, einen Philips- oder Braun-Rasierer, Parfüm... Ich kann die Polizei rufen und Sie durchsuchen lassen, wenn Ihnen das nicht genügt.«

»Na gut.«

Novacek legte die Sachen auf den Tisch.

»Ich schwöre Ihnen, das ist das erste Mal. Ich weiß nicht, was über mich gekommen ist. Ich habe gar nicht darüber nachgedacht.«

»Was sind Sie von Beruf?«

»Französischlehrer.«

»Bravo! Und Sie?«

»Wir sind verheiratet, ich arbeite in derselben Schule.«

»Sie wissen, daß Sie entlassen werden können, wenn so etwas vor Gericht kommt... Im Erziehungsministerium versteht man keinen Spaß, was die Moral betrifft.«

Er streckte die Hand nach dem Telephon aus und wählte eine Nummer.

»Ich flehe Sie an! Ich will ja alles bezahlen. Auch den doppelten Preis, wenn das hier unter uns bleibt.«

Der Aufseher wandte sich an den Wächter, der an der Tür des Bürocontainers lehnte.

»Was meinst du, Jérôme?«

»Die Sachen kosten etwa tausendfünfhundert Francs. Wenn du Ihnen eine Strafe von zweitausend gibst, dann ist das, glaube ich, in Ordnung.«

Der Sicherheitschef zog die gestohlenen Gegenstände zu sich heran und ließ sie in seine Schreibtischschublade fallen.

»Haben Sie gehört? Zweitausend Francs und wir reden nicht mehr darüber.«

Novacek zog einen Packen Zweihunderter-Scheine aus seiner Brieftasche und gab sie dem Oberwächter, der sie nachzählte.

»Wenn Sie wollen, können Sie den Personalausgang benutzen, das ist diskreter.«

Novacek nahm seine Sachen aus dem Einkaufswagen. Nathalie blieb vor dem Schreibtisch stehen.

»Auf was warten Sie denn noch?«

»Kriegen wir keine Quittung?«

Die beiden Männer brachen in Gelächter aus und schoben sie hinaus.

Eine Treppe mit verpißten Betonstufen führte zu den Parkplätzen. Mit zugehaltener Nase stiegen sie hinunter. Mit einem Fahrstuhl gelangten sie wieder in den zivilisierteren Bereich des Einkaufszentrums. Sie kamen gegenüber vom Euro-Market wieder hoch, neben einem Straßenhändler, der einen Motorradhelm in Streifen zerschnitt, um zu demonstrieren, daß seine südkoreanischen Messer einmalig waren. Viele Leute zückten Hundert-Franc-Scheine und kauften die komplette Kollektion. Novacek fragte sich, ob sie häufiger einen Integralhelm zu zerschnippeln hatten. Sie gingen bis zum *Salengro*. An der Jukebox zankten sich drei stark geschminkte Teenager. Eine von ihnen brachte Ruhe ins Spiel, als sie Novacek ins Café kommen sah.

»Nun?«

»Es ist genauso, wie ihr gesagt habt, Malika. Sie haben mir zweitausend Francs abgeknöpft, dafür wollen sie die Angelegenheit vertuschen. Ich war mit Mademoiselle Brehier dort. Sie ist Gerichtsbeamtin. Und sie hat alles aufgenommen.«

»Was passiert jetzt mit denen?«

Nathalie hatte sich hingesetzt, füllte ein Formular aus und bat Novacek, es zu unterschreiben.

»Ich glaube, das kommt sie teuer zu stehen.«

Die kleinste von den dreien, Patricia, warf Nathalie einen angespannten Blick zu. Ihre schleppende Stimme war ein echter Ausweis für jede Vorstadt.

»Geld ist denen doch scheißegal, die kennen doch nichts anderes im Leben! Die müßten so leiden wie wir! Für die Sauereien, zu denen sie uns gezwungen haben. Das sind doch Dreckschweine!«

Malika, die nicht daran erinnert werden wollte, klopfte Patricia auf die Schulter und wandte sich an Novacek.

»Sei still! Was müssen wir jetzt tun?«

Novacek zeigt auf Nathalie.

»Ihr müßt zusammen zur Polizei, bevor die beiden Saukerle sich von den Scheinen getrennt haben. Alle Nummern stehen auf diesem Formular. Die werden sich kaum herausreden können.«

Malika nickte.

»Sie kommen nicht mit?«

Er nahm behutsam die Hand der jungen Frau.

»Nein. Ich bin auf dem Kommissariat so beliebt, daß sie mir glatt eine Anzeige wegen Ladendiebstahls anhängen, damit sie das Vergnügen haben, von meiner Anwesenheit zu profitieren!«

»Wieviel schulden wir Ihnen für all das?«

Novacek hüstelte und sah auf seine Schuhspitzen.

»Ihr gebt mir die zweitausend Francs wieder, wenn ihr sie zurückgekriegt habt.«

Er verabschiedete sich und stieg zur Toilette hinunter, bevor er zu einer Rundfahrt aufbrach, die ihn vom einen Ende von Paris zum anderen führen sollte. Ein weinerlicher Typ, der sich in der Ecke eingenistet hatte, die als Telephonzelle diente, verhandelte über seine Wiederzulassung zum heimischen Herd. Man brauchte im Vorübergehen nur zwei Sätze aufzuschnappen, um sicher zu sein, daß er mehr versprach, als er halten konnte. Novacek stellte sich vor das Pißbecken, zog den Reißverschluß herunter und hob die Augen zur Decke. Sein Blick blieb an einer halb verwischten Inschrift hängen: »Das Leben ist eine Krankheit, die durch Sex übertragen wird.« Er sagte sich, daß er seine Zeit im Euro-Market nicht verschwendet hatte.

Sayonara

Es war kurz vor zwölf, als Novacek mit seinem Volvo die Kreuzung Stalingrad-Jaurès überqueren wollte. Eine Spur war gesperrt, damit ein Arbeitertrupp an den Pfeilern der oberirdischen Metro Gerüste anbringen konnte. Auf einem Schild wurde angekündigt, daß die Metallkonstruktion renoviert werden sollte. Die hielt nun schon fast ein Jahrhundert ohne Probleme, aber sie hatten ausgerechnet die Mittagszeit gewählt, um einen möglichst großen Stau zu verursachen... Novacek vertrieb sich die Zeit, indem er die Crack-Dealer an der Ledoux-Rotunde und auf der Esplanade beobachtete, die am Ende des Bassins von La Villette lag. Für die letzten hundert Meter brauchte er fast zwanzig Minuten. Immerhin fand er direkt vor *Chez Cordier* einen Parkplatz. Bepackt mit seinen Plastiktüten, öffnete er die Tür und erstarrte. Etwa fünfzig Japaner hatten die Stühle und Bänke dieses altehrwürdigen Pariser Cafés okkupiert. Ein Typ mit der ernsten Miene eines Buddha-Priesters machte Videoaufnahmen von Louises Händen, die mit dem Ritual der Zubereitung von Stangenbroten beschäftigt waren. Ein Längsschnitt durch die halbe Baguette, das Auftragen der Butter, das Auflegen des Schinkens und die Verteilung der Gurken... Auf der Theke direkt daneben goß Fernand Pastis in eine beeindruckend lange Reihe von hohen Gläsern. Novacek stützte sich auf die Theke.

»Was ist denn hier los, Fernand? Ein Familienfest?«

»Hör bloß auf, François, das ist nicht witzig! Anscheinend hat irgendein Typ in Japan unseren Laden als das typische Pariser Bistro beschrieben.«

»Du solltest dich darüber freuen!«

»Das Problem ist nur, das steht in einem Führer, der eine Million Auflage hat. Sowas wie ein *Gault et Filou* der Aufgehenden Sonne!«

»Millau, nicht Filou.«

»Das ist doch egal. Weißt du, wie man auf Japanisch ›Danke‹ sagt?«

»Sayonara, glaube ich... Gibt's sonst was Neues?«

»Nichts besonderes. Ach ja, doch! Vor einer knappen Stunde war jemand für dich da. Eine Frau...«

»Hast du gefragt, wie sie heißt?«

»Ja, aber sie wollte ihren Namen nicht sagen. Sie hat gesagt, sie kommt am frühen Nachmittag wieder.«

»Sayonara, Fernand! Louise, ich bringe das hier in die Küche.«

»Was ist es denn?«

»Ich habe ein bißchen eingekauft. Zucker, Mehl, Wasser... Alles mögliche...«

»Wieviel kriegst du dafür?«

»Rund zweitausend.«

»Ich nehme an, du sprichst von Yen, du Hyäne!«

»Nein, als Schakal, als Geizhals.«

Novacek schlängelte sich durch den Saal und ging in den Hausflur. Er nahm die Treppe im Laufschritt, blieb im ersten Stock stehen und horchte an Alains Tür. Die mittäglichen Game-Shows liefen auf vollen Touren, er hörte noch die geniale Preisfrage: »Was ist ein Bulle, wenn es sich nicht um ein Tier handelt?« Novacek ging weiter in den zweiten Stock und betrat die kleine Wohnung, die ihm als Büro diente. Ohne nachzudenken, drückte er auf den Abhörknopf des Anrufbeantworters und stellte sich ans Fenster. Er konnte stundenlang am Fenster stehen und zusehen, wie sich die oberirdischen Metros in die Kurve legten und in die Station Colonel-Fabien hinunterfuhren.

»Guten Tag. Sie sind mit dem Anrufbeantworter von François Novacek, Privatdetektiv, verbunden. Zögern Sie nicht, eine Nachricht zu hinterlassen, ich höre diesen Apparat regelmäßig ab.«

Das Band gab drei schwache Pieptöne von sich, dann Stille, gefolgt von einer alten Mitteilung von Nadège: »Hallo Marlowe, ich habe am Mittag zwei Stunden Pause, wenn du willst...« Er stellte den Apparat ab und zwang sich, Ordnung in die Dossiers zu bringen, die er von seinem Ausflug in den Journalismus aufgehoben hatte: »Die Wissenschaftssekten«, »Die flämische Solidarität«, »Der Weg des schwarzen Blutes, Haiti-Zaire«, »Die Versuchung des Terrorismus«, »Rot-braun, der künftige Weg Rußlands«... Er öffnete eins und las in einer Anwandlung von Nostalgie noch einmal den Aufmacher eines von ihm verfaßten Artikels:

SKINHEAD

von François Novacek

Bericht eines Reporters, der drei Monate im »Skin«-Milieu der Pariser Vorstädte lebte. Wenn Rocker sich auf Hitler reimt...

Als er den Zeitungsausschnitt abheftete, hörte er im Treppenhaus das Klacken von Absätzen. Es klingelte, zweimal kurz. Er öffnete die Tür und erblickte eine Frau mit Hut. Sie war genauso verkrampft wie alle, die bei ihm landeten, und hatte offensichtlich ebensowenig Lust hereinzukommen wie ins kalte Wasser zu springen.

»François Novacek?«

Er trat beiseite, ließ sie eintreten und deutete auf den Sessel am Fenster. Als sie ihren Hut abnahm und ihr rotes Haar auf die Schultern fiel, erkannte er sie wieder. Sein Herz machte einen Sprung.

»Nina! Was machst du denn hier?«

Sie ging auf ihn zu und legte ihren Kopf an seine Brust.

»François, ich brauche dich.«

Sie schwieg einen Moment und er merkte, daß sie weinte. Er legte seinen Arm um ihre Schultern.

»Du mußt mir unbedingt helfen!«

»Wenn du mir sagst, was passiert ist, kann ich vielleicht was für dich tun.«

Er hatte sie kennengelernt, als er bei der *Libération* angefangen hatte. Sie war eine der »historischen Gestalten« im Herstellungsbereich, eine von denen, die die Texte der Journalisten mit wütenden »Anm. d. Setzerin« kommentierte. Auf den morgendlichen Redaktionssitzungen war sie mit Serge July, der nach Sartre die Leitung übernommen hatte, per Du; sie erinnerte sich noch genau daran, was sie alles von ihm einstecken mußte, als es darum ging, von der Berichterstattung über Übergriffe der Polizei zur Zelebration der aktuellen Börsenrekorde überzugehen. Als Computer ihre Arbeit übernommen hatten, ließ sie sich auf eine Umschulung für das Bildarchiv ein, hörte dann aber mittendrin auf und verschwand.

»Was hast du in der Zwischenzeit gemacht?«

»Ich bin in den Süden gegangen, in die Nähe vom Mont Ventoux. Ich habe bei einem kleinen Blatt in Carpentras gearbeitet. Du erinnerst dich, mit den Männern lief es bei mir nie gut...«

»Erzähl keine Geschichten!«

»Ich meine, es hat niemals lange gedauert. Da unten habe ich dann einen netten Typen kennengelernt, Frédéric Doline. Er hat auch Artikel geschrieben. Wenn er ein bißchen Zeit hatte, arbeitete er an Büchern. Wir haben geheiratet. Ich habe eine dreijährige Tochter. Ozéane.«

»Geht es um sie?«

»Nein, um ihn. Er ist seit einem Monat verschwunden. In der Tschechoslowakei...«

»Die gibt's nicht mehr!«

»In der Tschechischen Republik. In diesem Moment sollten wir drei eigentlich in Italien sein, in Rom. Bei Berludetti ist gerade eines seiner Bücher erschienen...«

Sie begann wieder zu weinen und versuchte sich zu beruhigen, indem sie in ihrer Tasche kramte. Sie brachte ein Buch mit blauem Umschlag zum Vorschein, das eine rote Banderole mit der Aufschrift »Lovecraft-Preis 1994« hatte.

»Da, das ist sein letztes Buch.«

Sie steckte sich eine lange Zigarette zwischen die Lippen, setzte sie wieder ab.

»Darf ich?«

Statt einer Antwort holte Novacek eine Schachtel Gauloises Blondes hervor. Er überflog den Klappentext des Buches.

»*Die Ernte des Teufels*. Ich hab was darüber gelesen. Es ging sogar um eine Verfilmung fürs Kino. Hat sich nicht schlecht verkauft.«

»Das hier, ja... Der Erfolg kam ganz plötzlich, innerhalb von drei Monaten. Die anderen zwanzig Bücher waren Flops. Er war derartig entmutigt, daß er fast alles hingeschmissen hätte. Ich habe ihn dazu gebracht, weiterzuschreiben. Sieh mal, es ist mir gewidmet.«

»Und du glaubst nicht, daß er nur ein bißchen Urlaub macht? Bei Leuten, die unter großem Druck gestanden haben, kommt das öfter vor.«

»Das haben die Bullen auch gesagt.«

»Entschuldige. Wir arbeiten fast in derselben Branche.«

»Hör auf mit solchen Albernheiten!«

Sie drückte ihre Zigarette aus, in einem Aschenbecher, der wie eine offene Hand aussah, und steckte sich sofort die nächste an.

»Frédéric hatte beschlossen in die Tschechoslo... nach Tschechien zu fahren, um Material für sein nächstes Buch zu sammeln und das Umfeld zu studieren. Das ist zwar etwas seltsam für einen Science-fiction-Autor, aber er wollte die Orte sehen, die Atmosphäre spüren, das Klima fühlen.«

»Weißt du, ob er Feinde hatte? Ich kann mir vorstellen, daß der Erfolg dazu führt, unterdrückte Eifersüchteleien wieder hochkommen zu lassen.«

»Nein, das ist alles viel zu neu. Er galt fast zwanzig Jahre als der letzte Heuler, und die Neider hatten noch nicht genug Zeit, sich auf die neue Situation einzustellen. Man beginnt gerade erst, sich das Maul zu zerreißen. Seine erste Frau flatterte um uns herum, weil sie hoffte, von den Tantiemen etwas abzukriegen. Warum sollte sie das Huhn schlachten, das goldene Eier legt.«

Novacek machte sich Notizen.

»Wohin genau ist er gefahren? Nach Prag?«

»Nein. Er wollte im Norden des Landes bis zu den Karpaten fahren und dann über Mähren in die Hauptstadt... Ich habe hier etwas, das du vielleicht gebrauchen kannst...«

Während sie weitersprach, wühlte sie in ihrer Tasche und legte eine Minikassette vor Novacek auf den Schreibtisch. Er nahm sie in die Hand, ging durch das Zimmer, während er sie untersuchte, und steckte sie in den Anrufbeantworter. Eine feste Stimme erklang aus dem Apparat.

»Tag, mein Schatz. Ich warte eine Minute, um zu sehen, ob du da bist... Nein... Ich hätte lieber deine Stimme gehört, als diese unglückselige Ansage. Die alte Karre fährt wunderbar, man könnte meinen, sie hat einen Autopiloten. Ich bin gerade durch Chemnitz gefahren, das alte Karl-Marx-Stadt. In einer knappen halben Stunde bin ich in Tschechien. Ich ruf dich wieder an. Umarme die Kleine für mich. Ich liebe dich.«

Auch die drei nächsten Mitteilungen enthielten nicht den geringsten Hinweis auf sein Verschwinden. Novacek nahm die Kassette wieder heraus.

»Ich behalte sie, für alle Fälle. Weißt du, ob er wichtige Verabredungen oder Treffen hatte? Vielleicht steht etwas in einem Notizbuch, in einem Kalender... Adressen, Telephonnummern?«

»Er hat ein elektronisches Notizbuch. Bei ihm gibt es kein Papier, das herumliegt. Er schreibt alles in sein Powerbook.«

»Und wo ist das?«

»Er hat es mitgenommen.«

»Okay. Du hast wahrscheinlich Kontakt mit der Botschaft aufgenommen...«

»Vor acht Tagen ist mir klargeworden, daß die Bullen hier sich an die Geschichte mit dem Entspannungsurlaub halten und keinen Finger rühren.«

»Mit wem hast du gesprochen?«

»Mit dem Kulturattaché, Xavier Vintras. Ich hatte den Eindruck, daß er schon vorinformiert war und meinen Anruf erwartete. Er nahm die Angelegenheit nicht ernst und glaubte auch an ein zeitweiliges Untertauchen. Er hat mir von vielen Geschäftsleuten erzählt... Die Tschechinnen sollen sehr attraktiv sein... Takt und Zurückhaltung...«

»Das darfst du nicht wörtlich nehmen. Ich habe Dutzende von Kulturattachés getroffen. Wenn sie nicht für den Geheimdienst arbeiten, dann nur deshalb, weil sie derartig im Alkohol schwimmen, daß sie sich die Adressen ihrer werten Gesprächspartner nicht merken können.«

»Willst du mir wirklich helfen, François?«

Novacek hob den Vorhang und beobachtete, wie sich zwei Metros über der Rotunde kreuzten.

»Was meinst du denn, was ich da noch tun könnte, Nina? Ich bin noch nie dort gewesen! Ich kann mich mal gerade so in Englisch verständlich machen, aber Tschechisch?«

»Aber deine Familie kommt doch daher!«

»Meine Mutter war Französin, und mein Vater ist Anfang 1953 aus der Tschechoslowakei geflüchtet. Ich wurde sechs Jahre später geboren. 1968, während des Prager Frühlings wollte er zurückkehren, aber er ist einige Monate nach dem Einmarsch der Sowjets gestorben. Ich war noch ein kleiner Junge, und er nahm mir das Versprechen ab, niemals dorthin zu gehen. Er hätte sich nicht einmal vorstellen können, daß die Berliner Mauer fallen würde.«

»Heute hindert dich nichts mehr, dorthin zu gehen. Sie sind frei. Du verrätst ihn nicht. Du bist meine letzte Hoffnung!«

Sie ging zum Schreibtisch und füllte einen Scheck aus.

»Du kannst den Betrag, den du für den Anfang benötigst, selbst einsetzen.«

»Warum machst du das? Du weißt genau, daß das unter uns nicht nötig ist!«

»Ich brauche nicht nur einen Freund, sondern einen Privatdetektiv. Ich habe unten im Auto eine ganze Mappe. Photos, die Nummern seiner Kreditkarten... Komm mit, ich gebe sie dir.«

Er stand auf, zog sie an sich, die Hände in ihrem roten Haar.

»Mach dir keine Sorgen, das kriegen wir schon hin...«

Walkin' on the Highway

Novacek wurde von einem Platzregen überrascht, als er ins Café der Cordiers zurückkehrte und das von Nina zusammengestellte Dossier durchblätterte. Die japanischen Touristen drängten sich vor der Tür ihres zweistöckigen Busses. Er stieg mit schweren Schritten die Treppe hinauf und blieb im ersten Stock stehen. Die Tür war offen. Alain Cordier saß vor einem seiner vielen Computer, und er sah nur seine Hand, die mit der Maus umherfuhr. Ein Laserdrucker spuckte bedrucktes Papier aus. Zwei Fernseher liefen gleichzeitig, ohne Ton und auf verschiedenen Kanälen. Das Logo einer Computerfirma erschien auf dem Minitel-Bildschirm. Novacek trat geräuschlos näher und beugte sich über Alains Schulter, der mit einem Graphikprogramm eine farbige Europakarte mit hervorgehobenen Konturen bearbeitete. Durch Tastendruck wurden Wolken verschoben, Hochdruckgebiete vergrößert und Tiefdruckgebiete verkleinert. Drei Zahlenbefehle führten zu schneeartigen Niederschlägen, die die Alpen zwischen Chamonix und Salzburg bedrohten. Zwei weitere brachten strahlende Sonne für den gesamten Mittelmeerraum.

»Womit spielst du diesmal herum?«

Alain legte letzte Hand an und fügte einige Wolken über Belgien hinzu.

»Sei gegrüßt. Weißt du, auf was ich gestoßen bin?«

»Auf deinen Kopf, und das ist nichts Neues!«

Er beschränkte sich darauf, mit den Achseln zu zucken.

»Auf den Rechner von Meteosat! Er war nicht einmal gesichert, ich bin reingekommen wie zu Hause. Ich bin gerade dabei, ihnen eine fröhliche Überraschung zu bereiten! Sieh dir heute Abend im Ersten die Wetterkarte mit Gillot Pépédé an. Er wird den Beginn eines historischen Hochsommers für das ganze Land verkünden! Weihnachten kann man an den Stränden der Normandie liegen!«

»Und was für ein Wetter hast du für Temesvar vorgesehen?«

Alain drückte auf die Schalttafel seines elektronischen Rollstuhl und drehte sich zu Novacek um.

»Das scheint nicht zu gehen. Setz dich und nimm dir ein Glas.«

»Danke. Wenn du mit dem Wettergott fertig bist, möchte ich, daß du deine Tastatur für mich in Gang setzt.«

»Wann immer du willst. Nach was suchst du denn?«

Novacek goß sich einen Schluck Aberlour ein.

»Der Mann einer Freundin ist verschwunden. Vor drei Wochen hat er sich zum letzten Mal gemeldet, und da war er im Norden der Tschechei. Er hat mehrere Male angerufen, ich habe die Bänder oben auf meinem Schreibtisch.«

»Und weiter?«

»Das ist schon fast alles. Ich habe Photokopien von seinem Paß, von seinem Kraftfahrzeugschein und die Nummern seiner Kreditkarten...«

Alain ließ seinen Stuhl vorwärtsrollen und hielt neben Novacek.

»Laß mir das alles mal hier. Ich werde die Maschinen damit füttern. Ich ruf dich an, wenn ich was Neues habe. Man müßte seiner Spur folgen können, bis er Deutschland verlassen hat, ab dann kann ich dir nichts mehr versprechen: es ist unmöglich, in das tschechische Polizeinetz einzudringen, die haben das alte System übernommen und nur ein bißchen modernisiert.«

Novacek ging in die Rue de la Grange-aux-Belles. Seelenlose Mietskasernen hatten die niedrigen Säle ersetzt, in denen alle Führer der linken Parteien in den ersten sechzig Jahren des Jahrhunderts Versammlungen abgehalten hatten. Seit zehn Tagen lag der Kanal Saint-Martin brach, über dem Stadtteil hing ein starker Schlick- und Modergeruch, die Angler hatten die Quaimauern und alten Treidelwege verlassen. Man erzählte sich in den Portierslogen, daß die Feuerwehr von La Bitche einen Sack mit einer zerstückelten Frau aus dem Wasser gefischt hatte, aber während der Entdeckung war niemand dabei gewesen. Novacek hatte vom Balkon des Eßzimmers nur beobachtet, wie ein Mopedwrack herausgezogen wurde und wie die Kanalreiniger in langen

Gummistiefeln einige Haushaltsgeräte einsammelten. Er betrat die gekachelte Eingangshalle eines Wohnhauses am Quai de Valmy. In der Fahrstuhlkabine, die ihn in den sechsten Stock beförderte, hatte er gerade genug Zeit, um unter dem üblichen Schild »Benutzen Sie im Falle eines Brandes nicht den Fahrstuhl« einen verschmierten Kommentar zu lesen, der mit Filzstift auf den an die Wand geklebten Teppichboden geschrieben war: »Benutzen Sie lieber den Feuerlöscher.« Im Wartezimmer saßen fünf Leute und lasen in den medizinischen Zeitschriften, die seine Frau für sie ausgelegt hatte. Die Tür zum Sprechzimmer ging auf. Dr. Nadège Novacek begleitete eine alte Frau zum Treppenhaus.

»Sie haben auf dem Rezept geschrieben, daß ich dreimal täglich vor den Mahlzeiten zwei Tabletten nehmen soll. Das geht aber nicht!«

»Und warum nicht, Madame Duflos?«

»Ich esse nur zweimal am Tag, morgens und abends.«

»Nun gut, dann nehmen Sie sie mittags mit einem Glas Wasser ein.«

Nadège gab dem nächsten Patienten ein Zeichen, ins Sprechzimmer zu gehen. Sie wartete, bis sie mit Novacek allein im Flur war, und umarmte ihn. Die Hand des Detektivs verirrte sich unter ihre Bluse. Sie löste sich von ihm.

»Halt, Vorsicht! Abtasten des Arztes bei Ausübung seiner Pflichten! Wohin soll das führen?«

»Wenn du willst, können wir das ja zusammen ausprobieren!«

Er trat ins Zimmer, ließ sich aufs Bett fallen und blieb einen Moment mit geschlossenen Augen liegen. Das Heulen einer Polizeisirene riß ihn aus seiner Apathie. Er streckte den Arm nach der HiFi-Anlage aus und wählte eine CD aus. Der Zydeco-Sound des Akkordeons von Clifton Chenier füllte das Zimmer. Novacek war beim ersten Auftritt des Cajun-Musikers in Paris, im Palace, gewesen, und die ersten Takte von *Walkin' on the Highway* versetzten ihn fünfzehn Jahre zurück, in eine Zeit, wo noch alles einfach war und Gut und Böse deutlich getrennt waren. Er zog eine

Schublade unter dem Bett auf und holte eine quadratische Schachtel aus Weißblech heraus. Er schüttete den Inhalt auf die Bettdecke. Auf einem Stoß von Papieren und Photos lag eine schwarzumrandete Karte. »Jiri Novacek, verstorben in Pantin am 25. November 1968.« Ein Abzug zeigte ihn aufrecht stehend mitten auf dem großen Rasen von Courtillières, umgeben von Kindern. Auf einem anderen stand er unter der Tribüne der Sportvereinigung der Pariser Polizei; in einen weiten Mantel gehüllt, feuerte er die Jugendmannschaft des Clubs an. Mit dünner Schrift war auf der Rückseite vermerkt, daß das Spiel im Februar 1957 stattgefunden hatte. Novacek nahm das größte der Photos in die Hand. Ein Dutzend Männer in zwei Reihen, die erste kniend, die zweite aufrecht dahinter. Der Trainer hatte den Ball unter dem Arm und alle zeigten ein strahlendes Lächeln. Die verschmutzten Trikots waren ein Hinweis darauf, daß die Begegnung zugunsten ihrer Träger ausgegangen war. Er hatte nicht gehört, daß Nadège hereingekommen war. Sie setzte sich auf das Bett, lehnte sich an ihren Mann und betrachtete das Photo.

»Das hast du mir noch nie gezeigt. Was ist das?«

»Die Mannschaft, in der mein Vater Anfang der fünfziger Jahre gespielt hat. Dort in der Mitte, das ist er. Er spielte im Sturm.«

Sie beugte sich vor.

»Was steht da über der Tribüne? Ist das Tschechisch?«

»Nein, Tschechisch wird in lateinischen Buchstaben geschrieben. Das ist kyrillisch. Man hat mir gesagt, es soll Dserschinskij heißen.«

»Was ist das, eine Wodka-Marke?«

»In Rußland läßt sich nicht alles in Alkohol auflösen. Das ist der Gründer der Tscheka und der GPU, der ersten Geheimdienste der Bolschewisten. Eine Vorstadt von Moskau ist nach ihm benannt worden. Da muß diese Tafel stehen. Die Mannschaft meines Vaters hat dort wahrscheinlich ein Auswärtsspiel gehabt.«

Nadège zog ein anderes Photo aus dem Stapel.

»Wie alt warst du da?«

Novacek lachte, als er sich in kurzen Hosen sah, einen Fuß auf dem Ball, mit gewichtiger Miene, neben einem gut vierzigjährigen Mann mit vorstehendem Bauch, die Gesichtszüge im Schatten seiner Schirmmütze.

»Vierzehn.«

»Du warst hübsch...«

»Normalerweise sagt man mir, daß ich das noch immer bin! Ich habe nicht schlecht gespielt. Es hätte nicht viel gefehlt und ich hätte eine Sportkarriere gemacht. Was mich aber vor allem davon abgehalten hat, war, daß es zu den Fußballschuhen auch eine Bullenuniform gegeben hätte. Erkennst du den wieder?«

»Warum? Sollte ich?«

»Das ist Bob. Er hat ehrenamtlich für den Pariser Polizeisportverein gearbeitet.«

Sie lachte und legte das Kinn auf die Schulter ihres Mannes.

»Warum siehst du dir diese Photos an?«

»Ich glaube, ich fahre da hin. In die Tschecho...«

»Willst du deine Familie suchen?«

»Nein, den Mann einer alten Bekannten von der *Libé*. Nina Trescoz, eine Setzerin. Ich hab dir bestimmt schon mal von ihr erzählt. Ihr Mann ist Schriftsteller. Er ist letzten Monat losgefahren, um dort Recherchen zu machen und hat sich nicht mehr gemeldet. Sie hat mich beauftragt, ihn zu suchen.«

»In Europa kann man sich nicht so einfach in Luft auflösen!«

»Man sollte meinen, doch! Vor zwei Jahren ist ein Pariser Kunsthändler mitten in Moskau auf dem Weg von seinem Hotel zu einer Galerie verschwunden. Man sucht ihn immer noch.«

»Ein Kunsthändler, das kann man verstehen, aber dein Schriftsteller, was hatte der schon zu verkaufen? War er denn wenigstens bekannt? Wie heißt er?«

»Frédéric Doline. Er schreibt Science-fiction.«

»Nie was von ihm gelesen. Und wann willst du los?«

»Morgen, ganz früh, damit ich am Abend in Prag bin. Ich muß noch zu Bob. Wollen wir uns bei ihm treffen?«

Das Skopiton

Der Ostwind trieb den Gestank des Kanals über das Louis-Blanc-Viertel. Novacek warf einen Blick auf die Trompe-l'oeil-Fassade des *Hôtel du Nord*. Es sah genauso aus wie die Kulisse in dem Film von Carné. Einige Schwule, die die Dunkelheit nicht abwarten konnten, drückten sich in den Hauseingängen der Avenue Jean Jaurès herum. Um sie nicht zu enttäuschen, wechselte er auf die andere Straßenseite. Es gab einmal eine Zeit, wo er instinktiv in das kleine Antiquariat ging, das in einer Ecke des Platzes direkt neben einer Mauer lag, in deren schimmeligen Putz eine Hand vor dreißig Jahren die Parole »Der Faschismus wird nicht siegen« gekratzt hatte. Vor einigen Monaten hatte der Buchhändler versucht, sich dem Zeitgeist anzupassen, und das Schaufenster mit Büchern von Besson und A.D.G., Brasillach und Laborde, Hallier und Drieu, Rebatet, Limonov geschmückt. Eines Morgens tauchte die Inschrift wieder auf. Sie füllte die gesamte Schaufensterscheibe aus und warf ihren Schatten auf die ausgestellten Bücher. Der Händler hatte viel Mühe, sie zu beseitigen, und sie versperrte seinen freien Ausblick noch bis zum nächsten Morgen. Er hatte begriffen, daß ein kleiner Teil des alten Paris immer noch lebendig war, und wieder das alte Sortiment ins Fenster gestellt. Aber dieser Versuch hatte ihn einige Kunden gekostet, darunter auch Novacek.

Er ging über den Jean-Jaurès-Platz und lenkte seinen Schritt nach rechts zum Raritätenladen. Robert Desarte stand unbeweglich vor seinem Geschäft, sein Bauch verdeckte die Hälfte des Angebots. Unauffällig beobachtete er ein Kundenpaar und lauschte auf jedes Wort, das sie wechselten. Der Mann bezweifelte die Qualität und die Echtheit der ausgestellten Gegenstände. Die Frau hatte einen Anfall von Nostalgie. Die runden Formen eines Toasters aus den frühen fünfziger Jahren hatten genügt, sie in ihre Kindheit zurückzuversetzen. Bob wußte, daß er sich an sie halten mußte. Er sah den näherkommenden Novacek und zwinkerte ihm zu, sich aus der möglichen Transaktion herauszuhalten.

Der Detektiv wühlte in einem Koffer, der mit alten Filmzeitschriften gefüllt war, und vertiefte sich in ein Hitchcock-Interview in *Image et Son.*

Wie kommt es, daß Die Vögel *so glaubhaft sind?*

Weil die Produktion sie üppig bezahlt hat.

Die Frau zeigte auf einen Rundfunkempfänger aus Mahagoni, der aus einem Haufen von bunt zusammengewürfeltem Geschirr, 78er-Schallplatten in Packpapierhüllen und Illustrierten herausragte.

»Oh, sieh mal, Hubert! Meine Großmutter hatte auch so einen! Ich erinnere mich, er hat unten ein großes grünes Auge, das leuchtet und je nach Empfang heller oder dunkler wird. Das machte mir Angst, wenn wir am Abend Radio hörten...«

Bob glitt mit überraschender Behendigkeit hinter das Regal. Vorsichtig hob er den Empfänger hoch, stellte ihn auf einen kleinen runden Tisch und steckte den Stecker in eine Verlängerungsschnur.

»Das ist ein Barthe von 1946. Er ist noch völlig in Ordnung. Sehen Sie, man braucht nur zu warten, bis die Röhren warm werden.«

Der Mann trat vor und begutachtete den Apparat.

»Wie oft verkaufen Sie das Gerät?«

»Es ist sehr selten geworden. Praktisch ein Museumsstück. Außerdem hat dieses hier eine Zeitlang Edith Piaf gehört...«

»Das können Sie jedem erzählen! Wieviel Radios von Edith Piaf verkaufen Sie am Tag?«

»Sie haben recht, Monsieur. Es hat Edith Piaf nicht wirklich gehört, der Ausdruck war ein wenig übertrieben. Dieses Radio stammt aus dem *Hôtel des Tourelles*, bei den Maréchaux. Sie hat sich dort mit Marcel Cerdan getroffen, als sie sich kennenlernten. Sie haben zusammen Radio gehört. Ich habe es der Wirtin abgekauft, als das Haus abgerissen wurde, um die Gebäude des Geheimdienstes am Boulevard Mortier zu vergrößern.«

Novacek vertiefte sich wieder in das Interview mit dem Regisseur der *Vögel* und sagte sich, daß es keinen besseren Weg gibt, sich aus der Klemme zu ziehen, wenn man bei einer Lüge ertappt wird, als eine noch größere Lüge zu erfinden.

Was glauben Sie, passiert in einem Film nach dem Wort »Ende«?

Wenn es ein Happy End gibt, ist es möglich, daß die jugendliche Liebhaberin sich aus der ungestümen Umarmung des jugendlichen Liebhabers löst und zu ihm sagt: »Ich möchte Sie ja nicht kränken, lieber Freund, aber Sie haben einen entsetzlichen Mundgeruch!«

Das neugierige Paar zog mit dem Radio der Piaf davon. Novacek legte die Zeitschrift in den Koffer zurück und folgte Bob durch den Schuppen. Sie kamen an Reihen von Jukeboxen und Skopitonen vorbei und gingen in die Wohnung, die hinter den Büros der alten Sprungfedernfabrik lag. Odette war eine Anhängerin der Musketierküche. Sie versäumte keine Fernsehsendung von Maïté und hatte ein gewaltiges Vergnügen daran, Teig zu kneten, Schalentiere zu verbrühen und Geflügel zu zersäbeln. Wenn man einen schönen Abend verbringen wollte, mußte man nur vermeiden, sie in ihrem Küchenlaboratorium zu begrüßen. Man mußte sich auf die Rolle des Gastes beschränken, die darin bestand, sich mit seinem Teller zu beschäftigen. Und dort war Glückseligkeit garantiert. Gratin dauphinois mit geriebenem Knoblauch, Pot-au-feu mit zerstoßenem Basilikum, Hühnchen gefüllt mit Stopfleber... Die beiden Männer setzten sich an die Bar und warteten auf Nadège.

»Bob, ich muß dir was erzählen... Ich werde mal kurz nach Tschechien fahren.«

Der pensionierte Polizist und Umsteiger ins Antiquitätengeschäft setzte sein Glas ab.

»Was hast du, François? Hat Ödipus dich am Wickel?«

»Ich habe gar nicht gewußt, daß man bei der französischen Polizei Kurse auf der Analytikercouch gemacht hat!«

Bob legte ihm einen Arm um die Schultern.

»Ich meine das ernst, mein Kleiner!«

»Hör zu, ich bin erst heute nachmittag darauf gekommen. Eine alte Bekannte hat mich gebeten, ihren Mann zu suchen, von dem sie seit einem Monat nichts mehr gehört hat. Er hat einen Ausflug dorthin gemacht.«

»Und du hast eingewilligt.«

»Ja. Für sie... und für mich...«

Er zog das Photo mit der Fußballmannschaft aus der Innentasche seiner Jacke und legte es auf die Theke.

»Hat dir mein Vater damals etwas über dieses Photo erzählt?«

»Nein, ich habe es zu seinen Lebzeiten niemals gesehen. Er hatte nichts von seinem früheren Leben in der Tschechoslowakei aufgehoben. Als ob es ihm gelungen wäre, seine Erinnerungen auszulöschen. Ich habe es unter deinen Sachen gefunden, als du 1970, nach dem Tod deiner Mutter, hierher gekommen bist, um bei Odette und mir zu leben. Ich weiß nur, daß Jiri dort in der Mitte mit dem Ball steht.«

Er zog eine der Tischschubladen auf und nahm einen Fadenzähler heraus, den er auf das Bromsilberpapier legte. Novacek beugte sich vor und untersuchte jedes Detail, die Aufschriften auf den Trikots, die ernsten Gesichter der wenigen Zuschauer auf den grauen Rängen, den kyrillischen Namen auf der Banderole, das Stalin-Porträt über der Anzeigetafel, auf der es Eins zu Null stand.

»Ich frage mich, warum er nur dieses eine Photo aufgehoben hat und warum er es niemandem gezeigt hat. Dafür muß er doch einen Grund gehabt haben, meinst du nicht?«

»Ich muß dir eins sagen, François. Jiri war der beste Trainer, den wir beim Polizeisportverein hatten. Bei weitem der Beste! Er ist mit dem Ball am Fuß geboren worden. Ich glaube, er wollte eine Erinnerung an die Zeit aufheben, als er noch selbst auf dem Rasen stand.«

Bob sah sich das Photo näher an.

»Es ist unglaublich, wie ähnlich du ihm siehst! Du warst ja auch sehr gut. Wenn du die Fußballschuhe nicht an den Nagel gehängt hättest, um Journalist zu werden, hätten die Papins, Cantonas und Ginolas sich gleich wieder anziehen können. Du warst der begabteste von all den Knaben, die ich in Courtillières trainiert habe.«

»Hör auf zu träumen, das ist Vergangenheit. Ich habe aufgehört, weil ich der Meinung war, daß es für einen Typen nicht sehr gesund ist, allzu lange in kurzen Hosen rumzulaufen. Schwamm drüber! Aber hast du wirklich niemals einen seiner Freunde von früher getroffen?«

»Das habe ich dir doch schon gesagt. Warum sollte ich dir etwas vorschwindeln. Ich erinnere mich nur, daß er vom Verein aus ein oder zwei Mal in Prag angerufen hat.«

»Wen?«

»Ich war zwar ein Bulle, aber ich habe nicht für den Dienst mit den großen Ohren gearbeitet. Man hat ja seine Würde! Fahr nicht dorthin, François, das bringt nichts. Du solltest lieber davon ausgehen, daß dein Vater erst fünf oder sechs Jahre, bevor du auf die Welt kamst, geboren wurde: an dem Tag, als er nach Frankreich kam«

Eine Viertelstunde später setzten sie sich zu Tisch, und das Gabelgeklapper drang bis zu den Ohren von Nadège, die hereinkam, als sie den Sardinen nach katalonischer Art den Garaus machten. Keiner kam auf das mißliche Thema der Reise Novaceks zu sprechen: die Grenze zwischen einem Familienessen und einer Tragödie ist immer fließend. Nach dem Essen führte Bob Odette und seine Besucher in das Direktionsbüro der ehemaligen Sprungfedernfabrik, wo er seine Werkstatt eingerichtet hatte. Er öffnete die hintere Klappe eines beeindruckenden cremefarbenen Skopitons und legte eine kleine 16mm-Filmrolle in das komplizierte System von Rädchen, Zahnrädern, Nockenwellen und Ventilen, mit dem das Innere des Apparats gefüllt war. Bevor er das Licht ausmachte, suchte er eines der Ein-Franc-Stücke aus, die er in der Hosentasche hatte.

»Am besten wirft man Münzen ein, die zwischen 1960 und 1964 geprägt worden sind, sie haben das ideale Gewicht. Die anderen haben nicht genug Nickel, das blockiert den Mechanismus.«

Das Geldstück verschwand im Schlitz des Skopitons. Bob drückte auf einen der Knöpfe und auf dem kleinen gewölbten Bildschirm erschienen Lichtstreifen, die an den Wänden des dunklen Raumes umhertanzten. Aus den Lautsprechern kam orientalische Musik, und eine Kamera, die noch schwindelerregender als die von Claude Lelouch war, suchte das Gesicht von Bob Azam inmitten einer Menge von Leuten, die zu einem Cocktail eingeladen waren.

Ich hab' eine hübsche Frau, in die ich verliebt bin
Aber dann das Drama, sie steht mitten in der Nacht auf
Und verläßt halbnackt das Zimmer...

Bob schlug mit den Händen den Takt.

»Ich habe über zehn Jahre danach gesucht. Anfang der sechziger Jahre war das ein Riesenhit!«

Als er begann, mit seinem Namensvetter den Refrain zu singen, erklang aus dem Inneren des Skopitons ein Quietschen.

Mach mir Couscous, Chéri
Gib mir Couscous
Gib mir 'nen Kuß, du du

Odette erhob sich als erste, geräuschlos, und verließ die Vorführung, gefolgt von ihren beiden Gästen.

Im Café brannte nur noch schwaches Licht. Fernand Cordier hörte auf, die Stühle auf die Tische zu stellen, und steckte den Türgriff wieder in das Schloß, um für Nadège und Novacek zu öffnen. Sie gingen über die mit Sägemehl bedeckten Fliesen.

»Willst du noch arbeiten?«

»Nein, ich muß mit Alain sprechen. Schläft er schon?«

»Du machst wohl Witze! Der rätselt noch an seinen Parabeln herum. Tretet die Füße ab, bevor ihr hinaufgeht, sonst verteilt ihr den Dreck im ganzen Treppenhaus.«

Alain öffnete ihnen und fuhr sofort mit seinem elektrischen Rollstuhl zu einem Tisch weiter, auf dem drei hintereinander geschaltete Bildschirme standen. Auf dem ersten waren die neunundvierzig Lottokugeln, auf dem zweiten nur die entsprechenden Ziffern in mehrfacher Wiederholung und der dritte war mit Berechnungen, Brüchen, Quadratwurzeln und Multiplikationen überfüllt. Nadège beugte sich herunter und umarmte ihn.

»Bist du von der französischen Lottogesellschaft engagiert worden?«

»Nein, ich habe mich schon immer gewundert, daß die 49 mit einer Häufigkeit von drei Prozent gezogen wird, während sie nach aller Logik nur knapp zwei Prozent haben dürfte.«

»Woher weißt du das?«

»Ich bin alle Ziehungen seit Beginn des Lottos durchgegangen. Ich habe alle Statistiken.«

»Und was hast du daraus abgeleitet?«

Sein Gesicht strahlte.

»Daß es auf jeden Fall eine Erklärung geben muß! Man kann weder die Mathematik noch den Zufall überlisten. Das sind die einzigen stabilen Dinge auf dieser niederen Welt!«

»Und du hast bestimmt eine Erklärung gefunden.«

»Ich glaube schon. Alle Kugeln werden ganz genau auf die gleiche Weise hergestellt. Sie gleichen sich wie in Ei dem anderen und unterscheiden sich nur durch die Nummer. Das Problem, an das sie nicht gedacht haben, ist, daß die Nummern ein unterschiedliches Gewicht haben.«

»Wieso?«

»Zum Auftragen der Zahlen eins und zehn braucht man nicht die gleiche Menge Farbe. Dabei geht's zwar nur um Mikronen, aber das genügt, um das Spiel ganz minimal zu verfälschen.«

Novacek deutete auf den mit mathematischen Berechnungen bedeckten Bildschirm.

»Wenn du das kapiert hast, brauchst du dir keine Gedanken mehr machen. Du kreuzt einfach die letzten Zahlen des Kästchens an und kannst abkassieren!«

Alain tippte etwas in den zweiten Computer und die flachen Felder der Kugeln 41 und 29 wurden vergrößert.

»Das ist die Logik eines beschränkten Geistes! Paß auf, für die 29 braucht man mehr Farbe als für die 41. Ich habe eine Liste der zehn schwersten Nummern gemacht. Damit werde ich den Jackpot schon knacken.«

»Warten wir also ab, bis du von deinen Zinsen leben kannst. Hast du einen Blick auf die Unterlagen von Frédéric Doline geworfen?«

Er betätigte die Tasten seines Rollstuhls und fuhr zu einem Computer, an den ein Scanner angeschlossen war.

»Ich habe alle Datenbanken abgefragt, zu denen ich Zugang habe. Nichts über die Autopapiere, nichts über das Safari-System der Polizei, nichts beim Finanzamt, nichts bei den allgemeinen Auskünften. Ein unbeschriebenes Blatt. Dein Doline ist so sauber wie ein Minister am Tage der Vereidigung!«

»Du meinst, zu sauber, um ehrlich zu sein?«

»Das ist zwar nur ein erster Eindruck, aber man könnte sagen, er hat aufgeräumt, bevor er losgefahren ist. Mit den Kreditkarten habe ich mehr Glück gehabt. Unglaublich, wie geschwätzig diese kleinen Plastikstücke sind. Die Leute haben Vertrauen zu den elektronischen Chips, und deshalb kann man sie damit am besten überwachen. Sie zahlen noch dafür, sie zu bekommen, und es ist kein Problem ihrer Spur zu folgen. Du kaufst Blumen für deine Geliebte und am Monatsende kann deine Frau auf den Auszügen nachlesen, wann und wo das Rendezvous stattgefunden hat!«

»Was hast du gefunden?«

»Es ist mir gelungen, in den Zentralrechner einzudringen.«

Er tippte etwas ein und eine Europakarte erschien.

»Jedes Mal, wenn Doline seine Karte gezückt hat, um zu bezahlen, hat das System die Daten kontrolliert und gespeichert. Ort, Datum, Uhrzeit, Produkt, Betrag... Die roten Punkte zeigen, wo er angehalten hat. Metz, Frankfurt, Zwickau, Chemnitz... Die Karte wurde zum letzten Mal in einem Gasthaus in Nová Paka benutzt, in der Tschechischen Republik. Das liegt in der Nähe von Hradec Králové.«

»Wann war das?«

»Am 3. November. Das einzige Problem ist, man kann nicht beweisen, daß er selbst die Karte benutzt hat. Vielleicht ist sie ihm geklaut worden.«

»Das ist mal wieder typisch für dich! Erst lädst du mich ein, und wenn ich mich an den Tisch setze, nimmst du den Teller weg! Gibt's noch was anderes?«

»Nein. Ich konnte mich allerdings nicht zurückhalten, einen Blick auf sein Bankkonto zu werfen. Seit drei Monaten hat der Kerl seine Schäfchen im Trockenen. Laß dich bloß gut bezahlen, seine Frau nagt nicht gerade am Hungertuch!«

Der letzte Cola-Automat

Er wurde vom Geräusch des Baggers im Kanalbett geweckt. Nadège drehte sich stöhnend um. Er deckte ihre nackte Schulter zu, stand leise auf und packte im Wohnzimmer seine Sachen. Während er seine Reisetasche vollstopfte, hörte er die morgendliche Kultursendung. Ein Linguist, dessen Tonfall schon ein Hinweis auf seine Herkunft war, Neuilly-Auteuil-Passy, berichtete von seiner Arbeit über die Kunst der Metapher im Werk von Pierre Perret.

»Es ist in der Tat sehr selten, daß das vieldeutige Wort ›Kartoffeln‹ in diesem Sinne verwendet wird: ›Seine Kartoffeln waren unten im Netz‹.«

»Können Sie das übersetzen? Nicht alle unsere Hörer sind mit dem Schaffen von Pierre Perret vertraut.«

»Ganz allgemein heißt das ›Er hatte Angst‹.«

»Genau, aber das Netz, die Kartoffeln?«

»Ich beschränke mich darauf, zu präzisieren, daß das Netz offensichtlich Slip bedeutet. Den Rest können Sie sich selbst vorstellen.«

Novacek verließ die Wohnung, ohne das Funktelephon mitzunehmen, das Alain ihm aufgedrängt hatte. Es war noch dunkel, aber die Bordsteinschwalben der Polizei waren bereits in Aktion. Sie garnierten die Windschutzscheiben der Autos mit den einzigen Schmetterlingen, die es in Paris noch gab. Er legte seine Tasche in den Kofferraum des Volvo und fuhr auf den Quais zum Boulevard Périphérique. Die rote und blaue Beleuchtung des Ausstellungsparks von La Villette schimmerte durch den Nebel. Er fädelte sich in die achtspurige Schlange ein, die die Hauptstadt umkreiste, und fuhr bei der Ausfahrt Bercy ab. Unterhalb der Fahrbahn wurden die wenigen Straßen des Dorfes der Weinhändler, die sich beim Bau der Mehrkampfanlage erfolgreich gegen die erste Enteignungswelle gewehrt hatten, von den Baulöwen verschlungen. Die Weinkellereien waren den Glasfassaden der Verwaltungszentralen gewichen. Hinter der Marne lief der Verkehr flüssiger. Er stellte den Sitz zurück, streckte die Beine aus und legte eine Kassette ein. Die warme Stimme von Dee Dee Bridgewater kam aus den Boxen.

Eine Insel inmitten der Nacht
Eine Frau, die aus Langeweile kommt
Ein Klavier, das leise spielt
Das bist du, bin ich, wie in einem Krimi
Im Stich gelassen, wie ein Privatdetektiv, ohne Geschichte.

Die Städte sind dunkel, die Städte sind dunkel
Es ist heiß, es ist traurig, das Leben ist öde.

Er fuhr durch die weiten Ebenen im östlichen Frankreich, die Tachonadel mit dem Tempomat auf hundertvierzig eingestellt. Der andauernde Regen der letzten vier Monate hatte die Landschaft aufgeweicht. Die Flüsse überfluteten die Wiesen, das Wasser stand in den Spurrillen, soweit man gucken konnte, die Landschaft schien zu verschwimmen.

Ein noch kleineres Land
Die Einsamkeit, die einen Freund sucht
Ein Barmann, der dich beim Namen nennt
Und dir Kredit gibt
Eine Frau, zu der man ja sagt
Das bist du, bin ich, eines abends auf die Theke gestützt
Auf der Suche nach einer Geschichte,
um dem Dunkel zu entkommen.

Die Städte sind dunkel, die Städte sind dunkel
Es ist heiß, es ist traurig, das Leben stinkt.

Novacek fuhr bei Strasbourg über die Grenze, überquerte den Rhein und hielt an einer Autobahnraststätte, die von den Fahrern eines Hilfskonvois für Bosnien belagert wurde. Er schlang ein Schweinskotelett mit Kartoffelsalat hinunter und las einige Abschnitte in einem Buch von Doline, das er unter Bobs Ramsch gefunden hatte. Ninas Mann war nicht gerade zartbesaitet: vor dem Erfolg von *Die Ernte des Teufels* hatte er Bücher geschrieben wie *Ein Wochenende in der Hölle, Die Apostel treten auf, Der Fürst der Schimären*... Das Buch, das Novacek neben seinen Teller gelegt hatte, hieß *Die Schicksalsvögel* und erzählte die Geschichte eines Vampirs, der nach dem Atomkrieg in den Straßen einer amerikanischen Megalopole umherirrt. Wie alle Romanautoren, die schnell schreiben, gab er sich besonders mit den Kapitelanfängen große Mühe.

Ich habe schon immer gewußt, daß ich eines Tages in einer Stadt eine schöne nackte Frau treffen würde. Ihre Erscheinung war sozusagen unter meinen Augenlidern eingebrannt, und sobald ich die Augen schloß, raubte sie mir den Schlaf...

Novacek fuhr durch Deutschland und wollte noch vor Mitternacht die schwarze Linie erreichen, die das Land zweigeteilt hatte und immer noch auf seiner Karte verzeichnet war.

Hüte dich vor den Stammgästen, die dich nerven
In den Nachtbars von Barcelona
Meide die perversen Püppchen
In den Schaufenstern von Antwerpen
Der Bulle an der Ecke träumt, daß er dich greift
Wenn du glücklich durch Prag gehst
Du mußt deinen eigenen Weg gehen
Im Labyrinth der beiden Berlin
Überall werden die Karten neu gemischt
In Lissabon wie in Paris

Die Städte sind dunkel, die Städte sind dunkel
Es ist heiß, es ist traurig, es ist dein Leben.

Novacek nahm die Kassette heraus. Es war ihm unmöglich, in Motels zu schlafen. Er verließ die Autobahn nach dem Niemandsland, das mit graffitibesprühten Bunkern und nutzlosen Wachtürmen gespickt war. Neben dem Gerippe eines rot-weißen Blechschranks, ein abblätternder Hinweis: »Letzter Coca-Cola-Automat vor Tokio.« Kurz danach fegte der Scheinwerferstrahl des Volvo über die Pflasterstraßen Thüringens. Er hielt im Zentrum von Eisenach an. Zwei Jugendliche rasten mit ihren Mopeds über den verlassenen Rathausplatz. Die Doppelverglasung schützte ihn vor dem Geknatter. Das Bett war zu kurz und er konnte nur schlecht einschlafen. Erst am Morgen sah er etwas von der Stadt, kalt und grau, eingehüllt in Braunkohle- und Torfqualm. Auf den letzten zwanzig Kilometern vor der tschechischen Grenze mußte er zwischen parkenden LKW's Slalom fahren, wahren Eisbergen der Straße, die einfach da stehengeblieben waren, wo die Fahrer die Müdigkeit überfallen hatte. Das erste, was er nach dem Lächeln des Grenzbeamten in Tschechien sah, war ein Duty Free Shop, vor dem das Banner der jungen Republik flatterte. Er kaufte eine Telephonkarte und rief den Botschaftssekretär an, der bereit war, ihn noch am selben Tag zu treffen.

Mitteleuropa

Er parkte ganz oben am Wenzelsplatz, direkt vor einem Kristallgeschäft. Touristen photographierten abwechselnd ihren Begleiter oder ihre Begleiterin vor der Jan Palach-Gedenkstätte, wobei sie darauf achteten, gleichzeitig die Wenzelsstatue und die nüchterne Fassade des Nationalmuseums einzufangen. Weiter unten lockte ein als herrschaftlicher Chauffeur verkleideter stämmiger Typ die Provinzler an, die ihren alljährlichen Hauptstadtbummel machten. Er zog sie zu einer makellosen Lincoln-Limousine und versprach ihnen, daß sie sich für ein paar Hundert Kronen eine Stunde wie ein Milliardär fühlen würden. Sehr junge Polizisten in schlecht geschnittenen Uniformen standen in Zweiergruppen vor den zahllosen Bankschaltern. Novaceks Blick wurde von einem schwarzroten Spruchband angelockt, das schnell über die Köpfe hinwegzog. Er kniff die Augen zusammen und las den Slogan: KISS FM, 102.8... Die Bannerträger wurden von zwei hübschen Mädchen in Radlerhosen begleitet, die auf Rollschuhen fuhren und Prospekte des Radiosenders verteilten. Weiter hinten schüttete ein Lastwagen Kohle in eine Luke mitten auf dem Bürgersteig. Alles erschien ihm zugleich seltsam fremdartig und vertraut, eine unbeschwerte Mischung aus Vergangenheit und Zukunft. Auf all seinen Reisen hatte er dieses fragile Gleichgewicht nur ein einziges Mal verspürt. In Lissabon, einer Stadt, die auch einen Zeitsprung gemacht hatte.

Er stieß die Glastür des Hotel *Europa* auf und ließ sein Gepäck an der Rezeption, nachdem er ein Zimmer bekommen hatte, dessen Fenster auf den Platz führten. Durch eine Drehtür ging er in den Cafésaal. Keiner der kleinen runden Tische war frei. Schwarz und weiß gekleidete Kellner schlängelten sich durch die Stühle. In einer Ecke drei Musiker, die die Gespräche mit Zigeunermusik überdeckten. Man wußte nicht, ob die Kunden die Gesichter verzogen, weil der türkische Kaffee so bitter war oder weil ihnen die schrillen Töne der Geige auf die Nerven gingen. Er ließ seinen Blick über das Publikum schweifen und entdeckte am Fenster einen alleinsitzenden Mann, der ein Glas goldgelben Weins vor sich auf dem Tisch stehen hatte. Die neben der Zuckerschale liegende Zeitung war so gefaltet, daß der Name voll lesbar war, *Le Figaro*. Novacek blieb vor dem einsamen Genießer stehen.

»Ich suche Monsieur Xavier Vintras.«

»Sie haben ihn gefunden!«

Der Mann, etwa Ende Fünfzig, bat ihn, Platz zu nehmen und riet ihm das Gleiche zu trinken wie er, eine Trockenbeerenauslese aus Ungarn, von der nur noch wenige Flaschen im Keller des Hotels übrig seien. Er verfolgte stillschweigend, wie eine bezaubernde junge Frau auf dem Weg zur Garderobe durch den Raum ging.

»So mag ich sie, mit vollen Hüften und ohne Knochen!«

Er gönnte sich einen großen Schluck Wein, um darüber hinwegzukommen, daß sie für ihn unerreichbar war.

»Wann sind Sie in Prag angekommen?«

»Vor kaum einer Stunde.«

Er deutete mit dem Kinn auf die junge Frau, die das Lokal verließ.

»Haben Sie ihre Beine gesehen?«

»Das ist kaum zu vermeiden, man könnte sagen, sie benutzt sie als Reklameschild!«

Vintras kicherte und wandte sich dem Dekor des Café *Europa*, den Kellnern und den Besuchern zu.

»Dieses Land ist wirklich seltsam. Die anderen Ostblockländer haben sich in den vierzig, fünfzig oder sechzig Jahren unter dem Kommunismus von Grund auf geändert. Hier scheint die Zeit stehengeblieben zu sein. Die Leute haben ihre Gesten eingefroren, und heute machen sie einfach da weiter, wo sie stehengeblieben sind. Manchmal habe ich den Eindruck, die Rolle eines Konsuls in einem Film zu spielen, in einer wiederhergestellten Fassung. Finden Sie nicht auch, daß man sich ins Mitteleuropa von 1939 versetzt fühlt?«

Novacek packte ein kleines Stück Schokolade aus, das auf einem Unterteller lag.

»Ich fände es angenehmer, wenn Sie bis 1945 kommen könnten.«

»Ich auch, Monsieur Novacek, aber das ist unmöglich. Die Menschheit hat sich zum Herrn der Geographie gemacht: 45 ist das hier Osten geworden.«

Er steckte sich eine russische Zigarette an, deren Filter er mit den Zähnen zerbiß.

»Ich hätte nicht gedacht, daß Sie hierher kommen und nach diesem Doline suchen. Wir wissen fast nichts über sein Verschwinden, er hat sich in Luft aufgelöst. Meine Akte enthält nur die Korrespondenz mit den tschechischen und slowakischen Behörden.«

»Sie haben sicherlich ein oder zwei Hypothesen. Es muß nicht sehr oft vorkommen, daß ein Franzose sich ›in Luft auflöst‹, wie Sie sich ausdrücken.«

Vintras' Blick war erneut mit den üppigen Formen einer Blondine beschäftigt.

»Früher hat man sie nie zu Gesicht bekommen. Sie beherrschten die Kunst, sich unsichtbar zu machen, in der Masse unterzugehen. Heute vergeht kein Tag, an dem nicht eine Boutique von Guerlain, Dior oder Saint-Laurent aufmacht. Mercedes-Schlitten verkaufen sich wie warme Semmeln. Vor einem knappen Monat wurde der erste Club für Millionäre gegründet, der Golem-Club. Es gibt also genügend Kundschaft. In diesem Lokal sind immer viele Leute, die in wenigen Tagen ein Vermögen gemacht haben. Apparatschiks, die sich zu den Tugenden der freien Marktwirtschaft bekannt haben, Mafiosi, die sich mit dem Räderwerk der Maschine auskennen... Meine Gesprächspartner bei den tschechischen Behörden scheinen zu glauben, daß Doline in irgendein Geschäft verwickelt war.«

»Was für ein Geschäft?«

»Alles findet einen Käufer, und Banden von Polen und Ukrainern kämmen das Land durch. Zum Beispiel hat man sein Auto nicht wiedergefunden, und ein Safrane kann in der ehemaligen Sowjetunion für den dreifachen Preis verkauft werden. So eine Summe kann schon verlockend sein.«

»Ich habe Einblick in sein Bankkonto gehabt, Doline hat in den letzten Monaten einen Haufen Geld gemacht. Ich wüßte nicht, warum er sich als Autoschieber betätigen sollte. Wenn die Tschechen in diese Richtung denken, können Sie ihnen sagen, daß nichts dabei herauskommen wird.«

Der Kulturattaché leerte sein Glas.

»Sie haben Schwierigkeiten, alles zu kontrollieren. Durch die Teilung ist das Land völlig ins Chaos gestürzt worden, und davor durch die Säuberung der Ministerien und Polizeidienste. Ohne zu berücksichtigen, daß die Grenzen gleichzeitig für Menschen und für Waren geöffnet wurden. Unsere Gesprächspartner sind eigentlich der Meinung, daß Doline versucht hat, jemanden übers Ohr zu hauen und dafür mit seinem Leben zahlen mußte. Aber um die Beziehungen zu Frankreich nicht zu belasten, sagen sie uns, daß unser Staatsangehöriger sehr wahrscheinlich nach Polen gegangen ist.«

»Sie haben sich sicherlich Ihre eigenen Gedanken gemacht, nicht wahr?«

»Man braucht nur irgendwo ein Glas trinken zu gehen, um festzustellen, daß der Hauptreichtum dieses Landes die schönen Mädchen sind. Für sie bietet ein Fremder die Chance, unter günstigen Bedingungen in den Westen zu gehen. Ich würde mich nicht wundern, wenn er bei einer Miß Prag die vollkommene Liebe gefunden hätte und wieder auftaucht, sobald die Geschichte vorbei ist. Wissen Sie, was Oscar Wilde gesagt hat?«

Novacek zuckte mit den Schultern.

»Nein.«

»Ich widerstehe allem, außer der Versuchung!«

Vintras sah auf seine Uhr, legte zwei Hundertkronenscheine auf die Untertasse und erhob sich.

»Ich muß zurück zur Botschaft. Sie wissen ja, wo ich zu finden bin, bitte halten Sie mich über ihre Nachforschungen auf dem Laufenden...«

Novacek schüttelte die Hand, die ihm entgegengestreckt wurde. Vor ein paar Jahren, als er eine Reportage über Linksextremisten in Italien machte, wollte ein französischer Botschafter alle Informationen haben, die er in seinen Artikeln für die *Libération* nicht unterbringen konnte. Novacek war von der Unverfrorenheit dieses Vorschlags derartig überrascht, daß er sich darauf beschränkte, eine höfliche Ablehnung zu murmeln. Als er nach Paris zurückgekehrt war, hatte er mit Kollegen darüber gesprochen, die ihm gestanden, daß sie für die Erleichterungen, die die konsularischen Dienste boten, bedeutungslose Informationen geliefert hatten. Seitdem zog er soviel wie möglich aus den diplomatischen Diensten heraus, ohne Frankreich jemals etwas dafür zurückzugeben.

Tschechische Kronen

Da ihm der Wein etwas zu Kopf gestiegen war, bestellte Novacek einen Teller mit geräuchertem Schinken und beobachtete beim Essen die Besucher des Café *Europa*. Um die Reisemüdigkeit zu überwinden, machte er einen Spaziergang in der Umgebung des Wenzelsplatzes. An den gnadenlosen Mauern der Maria-Schnee-Kirche filmte ein deutsches Fernsehteam vier gut erhaltene Beatniks: wild wuchernde Bärte und Haare, fadenscheinige Jeans, pazifistischer Schnickschnack, abgelatschte Mokassins, Armbänder aus Leder. Der Gitarrist schaffte es, nur bei jedem zweiten Akkord daneben zu greifen, während der Sänger versuchte, den Akzent von John Wayne in *Fort Alamo* zu imitieren. Der Dritte traktierte ein Tamburin, das mit dem Wappen von Málaga, einer Flamencotänzerin, verziert war. Der letzte hielt den Zuschauern einen Klingelbeutel vor die Nase. Ein aufmerksamer Überlebender jener Epoche hätte den Stil von Donovan vor seiner gelungenen Dekonstruktion durch die Animals wiedererkannt: *I buy you a Ford Mustang*...

Novacek ging in eine Passage, deren grüne Wände von fahlem Neonlicht erleuchtet wurden. Hunderte von Immobilienanzeigen waren mit Heftzwecken an Holztafeln gepinnt. Nach vierzig Jahren kollektiver Privatisierung wurde Prag jetzt für das Individuum verstaatlicht. Er kam bei einem riesigen rechteckigen Garten heraus, an dem zwei Restaurants lagen. Der Boden war mit Laub bedeckt und Hunderte von aufeinandergestapelten und mit Vorhängeschlössern gesicherten Klappstühlen warteten auf schönere Tage. Novacek wandte sich nach links und ging unter einem gußeisernen Laubengang entlang. Als er in die Národní-Straße einbog, stieß er mit einem großen Typen in einer pelzgefütterten Lederjacke zusammen.

»Sprechen Sie deutsch?«

»Ein ›weinig‹. Ich bin Franzose.«

Das Gesicht verzog sich zu einem breiten Lächeln.

»Tschechische Kronen?«

Novacek lehnte das Angebot ab und wollte an dem Schwarzhändler vorbeigehen, als dieser ihn an der Schulter festhielt und einen beeindruckenden Packen Geld aus der Tasche zog.

»Ich gebe Ihnen doppelt so viel wie die Bank!«

Novacek ließ sich verführen. Er gab ihm einen Fünfhundert-Franc-Schein und erhielt dafür eine Rolle Geldscheine, die mit einem Gummiband zusammengehalten wurde. Der Form halber zählte er kurz nach und steckte sein Vermögen in die Hosentasche.

»Brauchen Sie sonst noch was? Einen Photoapparat, eine Uhr, Schmuck... Ich habe alles dabei!«

Novacek beschleunigte seine Schritte, ohne sich umzudrehen, bis der Typ aufgab. Als er einmal den Boulevard Sébastopol in Richtung Gare de l'Est ging, war er mit einem Kerl zusammengestoßen, der sich auf eine ganz besondere Art der Bettelei verlegt hatte. Anstatt ihn um etwas zu bitten, ging er neben Novacek her und erzählte ihm seine Geschichte.

»Ich komme aus Bordeaux und bin vorgestern in Paris angekommen. Ich muß nach Belfort, zu meiner Frau und meiner kleinen Tochter. Da wartet ein Job auf mich. Kein richtiger Job, eine Umschulung. Du weißt ja wie das ist, nach drei Jahren Arbeitslosigkeit macht man alles.«

Das Gespräch hatte bis zur Kreuzung Strasbourg-Saint-Denis gedauert. Als sie bei MacDonald's vorbeikamen, war der künftige Umschüler direkter geworden.

»Ich habe meine ganzen Sachen in einem Schließfach. Wenn ich genügend Knete habe, um mir eine Fahrkarte nach Belfort zu kaufen, Adieu Paris!«

Novacek hatte seine Taschen durchwühlt und zwei einsame Zehn-Franc-Stücke hervorgeholt. Als der Typ das Geld in seiner Hand sah, wäre er ihm fast ins Gesicht gesprungen.

»Mann, willst du mich verarschen? Was soll ich denn mit zwanzig Eiern anfangen? Ich brauche zehnmal soviel für die Fahrt!«

Novacek schwankte zwischen Wut und Lachen.

»Tut mir leid, aber mehr habe ich nicht bei mir. Wenn du zehn Leute wie mich triffst, kannst du losfahren.«

Verärgert darüber, daß seine harte Arbeit so mickrig honoriert wurde, wurde der Kerl zudringlicher.

»Du hast doch bestimmt eine Kreditkarte? Dahinten ist ein Automat...«

Als in der Rue Blondel zwei Polizisten auf sie zukamen, war der Kerl verschwunden.

Plötzlich war es dunkel geworden, und der Nebel ließ das Licht der Straßenlaternen verschwimmen. Rund um das Hotel hatten einige Mädchen ihre Stellung eingenommen. Sie unterhielten sich und versuchten mit lauter Stimme den Verkehrslärm zu übertönen. Die Kunden zogen an ihren Zigaretten und warteten geduldig das Ende des Palavers ab. Wenn Angebot und Nachfrage übereinstimmten, verschwanden die Paare in den düsteren Höfen des Wenzelsplatzes, die durch mächtige Gitter vor neugierigen Blicken geschützt waren. Kaum war er in seinem Zimmer im Hotel *Europa* angekommen, als das Telephon klingelte.

»Dobrý den, pane Novacek!«

»Bravo Alain!«

»Na, bin ich nicht Klasse?«

»Die Wörter sind schon richtig. Aber mit der Aussprache hapert's noch.«

»Vielen Dank für die Ermutigung. Läuft alles so, wie du willst?«

Novacek setzte sich in den Sessel am Fenster. Die riesigen Buchstaben von Toshiba auf dem Dach des gegenüberliegenden Hauses tauchten die Fassaden in blau.

»Ich bin zwar gut angekommen, aber noch keinen Millimeter vorangekommen. Und du, hast du was Neues?«

»Vielleicht, ich habe vorhin Bob getroffen. Er hat herausgekriegt, daß die Scheiben, der Motor und das Chassis von Dolines Wagen Seriennummern hatten. Außerdem war er mit einer elektronischen Diebstahlssicherung namens Backstar ausgerüstet. Im Klartext, es genügt, daß ein Teil des Safrane eine Kontrollschneise des Netzes durchquert, und in der Überwachungszentrale wird Alarm ausgelöst.«

Novacek nahm eine Gauloise Blonde aus der Schachtel, die fünfte an diesem Tag, und steckte sie in den Mundwinkel, ohne sie anzuzünden.

»Und, konnte er die Bewegungen in den letzten Wochen überprüfen?«

»Ja. Backstar hat in der Tschechischen Republik zweihundert Überwachungsstationen. Alle Routen nach Polen, Ex-Jugoslawien und Rußland werden überwacht. Keine Spur von dem Safrane. Bob hat mir gesagt, daß man den Wagen sofort erwischt, wenn er bewegt wird.«

»Dann brauchen wir ja nur abzuwarten. Und du, was hast du rausgekriegt?«

»Deine Klientin, Nina Doline, hat alle alten Kalender ihres Schriftstellergatten durchgesehen. Er hat fast alles aufgeschrieben, über die Bücher, an denen er gerade arbeitete, Arzttermine, Leute, die er treffen wollte, Filme, in die er gehen wollte. Sie hat mir die Seiten vom Februar 89 rübergefaxt. Er war gerade dabei, *Feuersturm* abzuschließen.«

»Was ist das denn?«

»Ein ›real-fiction‹ Buch. Die Geschichte eines Typen, der ausrastet und seine Familie im Keller seines Landhauses einsperrt, weil er glaubt, daß gleich der Atomkrieg ausbricht. Sie sterben, einer nach dem anderen, und das sind die einzigen Kriegsopfer. Man entdeckt sie zehn Jahre später, als eine neue Intercity-Linie gebaut wird. Er hat eine komplette Liste darüber aufgestellt, was eine vierköpfige Familie in einem Jahr verbraucht. Es gibt eine umfassende Liste über Schutzmaßnahmen bei Atomschlägen und er hat alle Berichte des Schweizer Zivilschutzes zusammengefaßt.«

»Wahnsinn! Und warum hat sie dir dieses Zeug geschickt?«

»Du kennst mich doch, ich hebe das beste immer bis zum Schluß auf! Am 3. Februar 89 hat Frédéric in seinem Kalender ›tel tspl‹ notiert. Am 4. taucht diese Notiz noch mal auf, und am 5. wird die Sache klarer.«

»Nun sag schon.«

Alain Cordier gab die einzelnen Buchstaben durch und wies darauf hin, was groß und klein geschrieben war.

»T.c.h. S.v.b. f. P. L.«

»Und was sagt der Dechiffrierer dazu?«

»Das ist ganz einfach, wenn man es vor Augen hat: Tschechoslowakischer Schriftstellerverband für Phantastische Literatur.«

Novacek zog sein Notizbuch heraus und schrieb sich den Namen auf.

»Hast du die Telephonnummer des Vereins?«

»Bin ich der Weihnachtsmann? Nina Doline hat im Adreßbuch ihres Mann nachgesehen, aber sie hat nichts über diesen Verband gefunden. Es gibt nicht den geringsten Hinweis, nicht einmal in meinen Datenbanken!«

Später versuchte Novacek noch, Nadège anzurufen, aber er erwischte immer nur den Automaten mit menschlicher Stimme. »Sie sind mit der Praxis von Dr. Novacek verbunden...« So konnte er seine Liebesgrüße nur dem Anrufbeantworter anvertrauen.

Fehlende Worte

Novacek öffnete die Schubladen des Nachttisches und der Kommode und fand schließlich im Schrank unter den Ersatzkopfkissen das Telephonbuch von Prag. Er bestellte sich etwas Kaltes zum Essen und nutzte die Anwesenheit der Kellnerin im Zimmer, um sich »Tschechoslowakischer Schriftstellerverband für Phantastische Literatur« ins Tschechische übersetzen zu lassen. In dem viel zu neuen Telephonbuch fand sich keine Spur. Am nächsten Morgen ging er zur Hauptpost in der Jindřišská-Straße. Unter ockerfarbenen folkloristischen Fresken warteten Dutzende Leute geduldig und stillschweigend vor den Schaltern. Sanftes Licht, das durch die Fenster drang, verschönte die Gesichter. Sogar die der drei Polizisten, die lächelnd im Raum umherspazierten. Als er endlich an der Reihe war, zeigte Novacek der Angestellten sein aufgeschlagenes Notizbuch mit dem Namen des tschechischen Verbandes. Er konnte ihr verständlich machen, daß die gesuchte Nummer aus der Zeit vor der samtenen Revolution stammen mußte. Sie verschwand eine ganze Weile in den Kulissen der Verwaltung und tauchte dann mit einem zerfledderten Telephonbuch wieder auf, das den großen historischen Sturm überlebt hatte. Er erfuhr, daß sich der Schriftstellerverband damals im Stadtteil Žižov befunden hatte, bei einem Schriftsteller namens Tomas Sotok. Er ging in eine der Telephonzellen am Eingang, aber der Rufton ging unendlich ins Leere. Bevor er die Post verließ, schlug er noch ein aktuelles Telephonbuch von Prag auf und suchte unter N nach seinem Namen. Es gab Hunderte von Novaceks, eine fruchtbare Sippschaft, die ebenso verbreitet war wie in Frankreich die Martins, Durands oder Duponts. Es gab unter ihnen Bäcker, Juweliere, Anwälte, einen Tierpräparator, Beamte, einen Zauberkünstler...

An der Windschutzscheibe des Volvo prangte ein Strafzettel. Novacek fuhr um das Museum herum und orientierte sich am Reiterdenkmal des Jan Žižka und der Nationalen Gedenkstätte auf dem Veitsberg, die die Stadt dominierten. Der gewaltige Granitblock mit dem Grab des Unbekannten Soldaten war ein Klotz, dessen Ausmaße dem fünfzehn Meter langen Pferd des hussitischen Helden entsprachen. Mehrfach geriet er auf die Mitte der Straße, auf die Straßenbahnschienen. Aufgeblendete Scheinwerfer und lautes Hupen brachten ihn immer wieder schnell auf den richtigen Weg zurück. Die Nummer 12 in der Seifertova-Straße gehörte zu einem der zahllosen gelben Gebäude, die zu Stalins Zeiten am Stadtrand errichtet worden waren. Sie erinnerten an die langen Reihen von Neubauten, die anstelle der alten Befestigungswälle von Paris errichtet worden waren. Das einzig Interessante an ihrer Architektur war die Wiederholung von Formen und ihre Wellenbewegung, die durch die Bodenwellen zustande kam. Der Name Sotok war auf einen der Briefkästen gemalt, die in Gesichtshöhe in der Eingangshalle hingen. Auf dem Flur im ersten Stock standen plaudernde Rentner, eine Frau kam mit einem Kinderwagen die Treppe herunter, dessen gefederte Räder über die Stufen hüpften. Ab der dritten Etage waren die Flure Bestandteil der Wohnungen. Die Mieter hatten den Platz okkupiert und kleine Lampentische, Kommoden, Eßtische und Blumentöpfe auf die Treppenabsätze gestellt. Im siebten Stock machte er eine kleine Verschnaufpause, bevor er an der Tür klopfte, an die eine Karte mit dem Namen Sotok geheftet war. Es gab keinen Spion und er horchte an der Tür. Er erkannte das gedämpfte Geräusch eines Fernsehers. Als er näherkommende Schritte hörte, trat er zurück und zwang sich zu einem Lächeln. Eine junge Frau steckte ihren Kopf durch den Türspalt. Sie machte einen besorgten und angespannten Eindruck. Bevor sie etwas sagen konnte, gab er ihr eine Visitenkarte,.

»Guten Tag. Ich heiße René Delcelier. Ich möchte Herrn Tomas Sotok besuchen. Ist er da?«

Sie starrte ungläubig auf die rechteckige Karte.

»Was wollen Sie von ihm?«

»Ich gebe in Frankreich eine Reihe mit Phantastischer Literatur heraus und ich möchte einige seiner Romane übersetzen lassen.«

»Da kommen Sie zu spät, Monsieur Delcelier, viel zu spät!«

Sie wollte die Tür schließen, aber Novacek versuchte es noch einmal.

»Lassen Sie mich mit ihm reden, ich brauche nicht lange.«

Sie senkte die Augen, und er wußte, daß er gewonnen hatte. Sie führte ihn durch einen langen Flur, dessen Wände mit Büchern bedeckt waren. Der Fernseher sprach zu einem leeren Glas auf dem Tisch im Eßzimmer. Tomas Sotok lag im danebenliegenden Zimmer auf einem hohen Bett. Unter den Decken konnte man kaum seinen Körper erkennen. Sein in Richtung Fenster liegender Kopf drückte nur schwach auf das weiße Kopfkissen. Das Profil war sehr in die Länge gezogen und das winterliche Licht verschärfte die tiefen Falten seines Gesichts. Als das Parkett neben ihm knirschte, öffnete er die Augen.

»Bist du es, Ella?«

Sie stellte sich mit dem Rücken zum Fenster vor ihm hin.

»Ja, Onkel. Hier ist ein französischer Verleger, der mit dir sprechen möchte.«

Novacek setzt sich auf einen Sessel in der Ecke, neben einen polierten Tisch, der mit kleinen Decken bedeckt war. Photos, fast alle in schwarzweiß, dokumentierten das öffentliche Leben von Tomas Sotok. Vorträge in Universitäten, Preisverleihungen, Kongreßtribünen, Autorenlesungen... Sein persönliches Leben beschränkte sich auf ein Hochzeitsphoto, das vor dem Rathaus von Staré Město aufgenommen worden war. Der alte Mann war in seine Kissen zurückgesunken.

»Sie treffen mich nicht in bester Form an.«

»Ich habe versucht anzurufen, bevor ich herkam, aber niemand hat abgenommen.«

Er legte eine abgemagerte Hand auf Novaceks Knie.

»Das ist schon in Ordnung. So habe ich nicht nur Besuch, sondern auch noch die Überraschung über diesen Besuch. Touristen verirren sich nur selten in diesen Stadtteil.«

»Ich bin nicht zufällig hierher gekommen, Monsieur Sotok. Ich arbeite für ein Pariser Verlagshaus, das Phantastische Literatur und Science-fiction herausgibt.«

»Ich weiß, ich habe gehört, was Sie zu Ella gesagt haben, als Sie hereinkamen. Und wie heißt diese Reihe?«

»*Schweiß der Zukunft*. Wir haben bereits einen beträchtlichen Fundus an amerikanischen, englischen und französischen Autoren, und wir suchen in den östlichen Ländern nach guten Büchern, die wegen der Spaltung Europas bislang nur in den jeweiligen Ländern erschienen sind. Ich glaube, Ihre Bücher sind noch nie übersetzt worden?«

»Oh doch. Ins Russische, Bulgarische und Vietnamesische... Wenn ich mir eines Tages die Zeit nehme, kann ich in all diese Länder fahren und meine Devisen ausgeben.«

Novacek biß die Zähne zusammen, um sich Mut zu machen.

»Das wünsche ich Ihnen. Können Sie mir zwei oder drei von Ihren Werken geben, damit ich sie unserem Lektorat zum Lesen geben kann?«

Sotok stütze sich auf die Ellbogen und deutete mit dem Kinn auf einen Schrank.

»Alles, was ich geschrieben habe, ist da drin.«

Novacek öffnete den Schrank. Auf jedem der fünfzehn Regalbretter lagen ein Manuskript, etwa dreißig Exemplare der einzelnen Ausgaben und die Übersetzungen. Er streckte den Arm zum obersten Regalbrett aus.

»Nein, das nicht. Das waren meine Anfänge. Ohne mir dessen bewußt zu sein, schrieb ich unter dem Einfluß Tolstojs.«

»Sie hätten ein schlechteres Vorbild wählen können!«

»Ich glaube nicht. Dieser Tolstoj hieß nicht Leo, sondern Aleksej, ein Science-fiction-Autor, der sich für die Steigerung der Produktivität einsetzte. Ich war von *Der Hyperbolide des Ingenieurs Garin* begeistert... Nehmen Sie lieber das mit dem gelben und roten Einband. *Fehlende Worte*. Ich habe es Anfang 1968 geschrieben, und es wurde im August gedruckt, als die Truppen des Warschauer Paktes die Stadt umzingelten. Der Aufstand wurde niedergeschlagen und das Buch eingestampft. Niemand hat es jemals gelesen. Es ist die Geschichte eines Mannes, der versucht, ein Land zu verstehen, in dem die Buchseiten kleiner als die Zeilen sind.«

Novacek nahm das Buch heraus und ließ seinen Finger über die Einbände gleiten, um ein weiteres Buch zu suchen.

»Sie können den Schrank zumachen, danach bin ich wieder in den alten Trott verfallen, und alles wurde so wie früher.«

Novacek ging einige Schritte in Richtung Flur und blieb dann stehen.

»Ich würde gern noch andere Schriftsteller treffen, aber das ist ziemlich schwierig. Meine Anschriften sind völlig veraltet. Ich habe den Eindruck, daß alle verschwunden sind, ohne eine Adresse zu hinterlassen.«

»Die Leute haben es nicht eilig, das ist die Macht der Gewohnheit.«

»Man hat mir in Paris gesagt, daß Sie im Tschechoslowakischen Schriftstellerverband für Phantastische Literatur waren. Gibt es den noch?«

Auf Sotoks Stirn erschienen neue Falten.

»Nein. Die neuen Machthaber meinten, er sei zu stark mit dem allgemeinen Schriftstellerverband verbunden gewesen, von dem man hier sagte, sein Büro habe zwei Türen: eine zum Kultusministerium und eine zum Innenministerium. Wenn nicht gar umgekehrt...«

»Und wo hat sich Ihr Verband getroffen?«

»In der Národní-Straße, kurz vor dem Fluß. Wir hatten Räume über der großen Buchhandlung.«

Als Novacek das Zimmer verließ, holte ihn die Stimme des Schriftstellers zurück.

»Wer hat Ihnen in Paris davon erzählt?«

»Einer Ihrer französischen Kollegen, Frédéric Doline.«

Er sah in Sotoks Augen nicht die geringste Überraschung, allenfalls ein bißchen Erschöpfung.

Der Arbeiter- und Bauern-Almanach

Novacek verirrte sich in den überall gleich aussehenden Strassen von Žižkov. In einem brachliegenden Garten vergnügten sich Kinder mit einem Betonstier, dessen Seiten schon durchlöchert waren. Plötzlich kam er mit dem Volvo ans Ufer der Moldau. In der Hoffnung, in die richtige Richtung zu fahren, folgte er dem Flußufer. Der Anblick der Hügel von Letná, auf der anderen Seite des Flusses, beruhigte ihn. Der Sockel der beeindruckendsten Statue der Welt war seit dreißig Jahren leer, aber die Erinnerung an ihren Schatten lastete noch immer über der Stadt. Er hielt an einem Gasthaus, um ein helles Branik zu trinken und einige in Essig eingelegte Kartoffeln zu essen. Hinten im Raum stritt sich ein volltrunkenes Paar, was aber niemanden kümmerte. Aus dem Keller stieg derber Shit-Geruch auf und überdeckte den allgemeinen Gestank. Auf der Toilette entzifferte er eine Inschrift in Deutsch: »Wenn der Kommunismus die Antwort ist, frage ich mich, was die Frage war.« Hinter dem Nationaltheater fand er einen Parkplatz. Über eine kleine, vom Wind vereiste Treppe stieg er zur Národní-Straße hinauf. Er ging an einer Straßenbahn vorbei und schlenderte die Auslagen der riesigen Buchhandlung entlang, die wie ein Kaufhaus wirkte. An den strategischen Punkten war ein Dutzend junger Verkäufer aufgestellt. Ihre lockere Haltung und bunte Kleidung kontrastierte mit der Einrichtung vom Typus Sozialamt und den düsteren Kastanienholzregalen.

Der Hauseingang lag direkt neben dem Fenster mit den Neuerscheinungen, eine Holztür, die von der Straße durch einige abgenutzte Stufen und ein schweres Gitter getrennt war. An der Fassade war in Sichthöhe der Umriß eines abgenommenen Schildes zu erkennen: ein helles Rechteck und vier halb herausgedrehte Schrauben. Als er das Gitter öffnen wollte, klopfte ihm jemand auf die Schulter. Ein Penner, der sein Leben damit fristete, die auf dem Gehweg geparkten Autos zu bewachen, wies ihn brummelnd darauf hin, daß die Tür verschlossen sei und daß man fünfzehn Meter weiter bis zum Schild einer Bar gehen müsse. Novacek gab ihm einen kleinen Geldschein, den ersten aus seinem schwarz getauschten Bündel. Der Typ begann ohne erkennbaren Grund herumzuschreien. Novacek ging in die Kneipe und tat so, als ob er den Beleidigungen seines verkommenen Führers keine Aufmerksamkeit schenken würde, der von einem Kellner zurückgedrängt wurde. Eine Treppe und ein Flur führten in einen großen Raum, der direkt über der Buchhandlung lag. Auf einer hohen runden Bühne spielte ein müdes Orchester einen Standardsong der Beatles. Auf der Tanzfläche bewegten sich im Halbdunkel wiegende Paare. Er setzte sich an die Bar, die weiter hinten in einer Ecke des Raumes lag und legte seine Zigaretten auf die Theke. Die kupfernen Bierleitungen und Zapfhähne waren reine Dekoration, es wurde kein Bier ausgeschenkt. Er bestellte einen Whisky, wartete, bis der Barmann einer Gruppe von Säufern erste Hilfe geleistet hatte, und versuchte dann Aufmerksamkeit zu erregen, indem er einen Geldschein zückte. Der Typ nahm den Schein, knüllte ihn zusammen und warf ihn auf die Theke.

»Haben Sie noch mehr davon auf Lager?«

Novacek zögerte kurz, zog dann das Geldbündel aus der Tasche, entfernte das Gummiband und knallte einen weiteren Schein auf den Tisch, der das gleiche Schicksal erlitt wie der vorherige.

»Wo haben Sie diese Scheine her?«

»Von der Bank.«

»In diesem Fall muß es sich um die B.D.S handeln, die Bank der Straße! Diese Scheine sind nicht mehr im Umlauf, seit die Slowaken sich vom Acker gemacht haben. Damit können Sie höchstens noch Monopoly spielen. Unser Chef hat damit das Scheißhaus tapeziert, ein schöner Anblick!«

»Kann ich mit französischen Francs bezahlen?«

Der Kerl zog eine Grimasse.

»Dollars? Deutsche Mark?«

Novacek hob einen Fünfhundert-Franc-Schein hoch.

»Tut mir leid, ich habe nichts anderes.«

Novacek steckte das Wechselgeld ein und ließ ein Fünfzig-Kronen-Stück neben seinem Glas liegen. Der Typ dankte mit einer Verbeugung.

»Hat sich hier früher, bevor das eine Kneipe wurde, der Tschechoslowakische Schriftstellerverband für Phantastische Literatur getroffen?«

»Woher wissen Sie das?«

»Ich interessiere mich sehr stark für diese Literatur. Ich bereite eine Anthologie mit den wichtigsten Schriftstellern der Phantastischen Literatur auf der ganzen Welt vor, und man hat mir gesagt, daß ich unbedingt hierher kommen müsse. Waren Sie damals schon hier?«

»Nein. Ich habe in einem staatlichen Restaurant gearbeitet. Es hat dichtgemacht, als der Subventionshahn abgedreht wurde. Als ich hierher kam, wurde gerade umgebaut. Es gab Büros und Versammlungsräume. Ihre Schriftsteller müssen es nicht sehr lustig gehabt haben, sie hatten gerade mal zwei Kühlschränke, drei Töpfe und einen kleinen Gasherd, um Würstchen heiß zu machen.«

Novacek stand auf und legte seinen Mantel über die Schultern.

»Na gut, da kann man nichts machen. Ist vielleicht noch jemand aus der damaligen Zeit da?«

»Da wäre noch Micki, aber es würde mich wundern, wenn die Ihnen helfen kann. Sie arbeitet schon über zwanzig Jahre hier, seit der Eröffnung, und der Chef mochte sie nicht rausschmeissen. Ich bin sicher, daß sie nichts mitgekriegt hat.«

Nackte Neonröhren überfluteten die weißen Kacheln im Flur. Die Wände des angrenzenden Raumes waren von oben bis unten mit wertlosen Geldscheinen tapeziert. Auf das Rollo war ein Zehnmillionen-Kronen-Schein gemalt. Am Garderobentisch hockte eine alte Frau hinter einer leeren Untertasse. Sie trug eine große Sonnenbrille und hörte Volksmusik aus einem Radiorecorder, der in einem Regal stand. Sie rührte sich nicht, als er an ihr vorbeiging. Er wusch sich die Hände, spritzte sich ein bißchen Wasser ins Gesicht und legte auf dem Rückweg ein Geldstück auf die Untertasse. Vor ihr lagen kleine Pappstücke, die mit Hunderten von Nadelstichen durchlöchert waren, immer zwei zusammengehörende. Eins für den Mantel oder die Jacke, das andere für den Kunden.

»Guten Tag. Sind Sie Micki?«

»Ja, das bin ich. Ich glaube nicht, daß ich Sie kenne, mein Herr.«

»Novacek. François Novacek. Man hat mir gesagt, daß Sie hier schon lange arbeiten.«

»Man hat Sie nicht angelogen. Schon fast dreißig Jahre. Man hat mir diese Arbeit nach meinem Unfall zugewiesen.«

Micki nahm die Sonnenbrille von ihren milchigen Augen. Novacek wandte den Blick ab.

»Dann waren Sie also schon da, als sich hier die Schriftsteller getroffen haben?«

»Gewiß.«

»Und wie lief das so mit denen?«

»Ich mochte sie sehr gern, sie waren immer sehr höflich. Guten Tag, Micki. Guten Abend, Micki... Es waren zwar nicht viele, das stimmt schon, außer wenn Delegationen aus dem Ausland kamen, aber es war besser als heute. Keiner ging auf die Toilette, um sein Dreckszeug zu rauchen oder Schlimmeres zu machen. Männer mit Männern. Früher hat es sowas nicht gegeben. Niemals.«

Ein schwankendes Pärchen trennte sich vor den Piktogrammen.

»Dann müssen Sie einen meiner Freunde gekannt haben, Frédéric Doline.«

»Es waren mehrere Franzosen hier, aber sein Name sagt mir nichts. Ich erinnere mich an einen Pariser, der hat von morgens bis abends geredet, ein echtes Plappermaul. Wenn er allein war, hat er gesungen. Sein Mundwerk mußte immer in Bewegung sein.«

»Wissen Sie noch, wer das war, Micki?«

»Nein. Meine Devise war immer ›Je weniger man weiß, um so besser kommt man durch‹. Ich höre das Leben, wie man Radio hört, zum einen Ohr rein, zum anderen wieder raus.«

Sie nahm das Geldstück, das ein Toilettenbenutzer auf die Untertasse gelegt hatte, und wandte sich zu Novacek.

»Was hat Ihr Freund denn gemacht?«

»Er hat Zukunftsromane geschrieben, phantastische Literatur.«

»An Ihrer Stelle würde ich mal zur Kepler-Buchhandlung gehen, in der Nähe der Karlsbrücke. Nicht die direkt an der Straße. Die andere, in der Passage. Dort wurden über dreißig Jahre die Bücher der Eingeladenen herausgebracht. Seitdem der Verband liquidiert wurde, kriegt man sie nicht mehr zu Gesicht.«

Er verzichtete, sie darauf hinzuweisen, daß in diesem Fall »aufgelöst« der richtige Ausdruck gewesen wäre. Durch eine Reihe von Passagen ging er zum Wenzelsplatz, da die Bürgersteige mit Angestellten überfüllt waren, die zu ihren fernen Vorstädten eilten und sich in Straßen- und U-Bahnen drängelten. Er ging um eine Kirche herum, schlüpfte zwischen zwei eng zusammen stehenden Häusern durch und geriet in eine Einkaufspassage. Mehrere Dutzend Leute standen Schlange vor dem Panorama-Kino, für Sylvester Stallone, den guten Kumpel des Volkes. Eine enttäuschte Liebe stöhnte in Quadrophonie vor dem Schaufenster eines Sony-Ladens. Nach einem Fischrestaurant kam man auf einen riesigen gepflasterten Hof. Die schräg einfallende Sonne beleuchtete die Wipfel einer Platanenallee. Im dritten Stock eines düsteren Hauses warfen Arbeiter Schutt in eine Reihe von ineinandergesteckten Mülleimern ohne Boden, die an der Fassade herunterhingen. Unten quoll ein Container in alle Richtungen über. Novacek blickte kurz auf die Formulare, die auf dem Boden verstreut waren. Dann stellte er sich auf die Zehenspitzen und sah in den Container. Unter dem Gipsstaub lagen Hunderte von Büchern, Zeitschriften, Wimpeln und Photos ehemaliger Volksführer. Er griff hinein und zog Band zwölf der Gesamtausgabe von Wladimir Iljitsch Lenin heraus, in der Originalausgabe. Er wühlte einige Kilos der Gedanken von Schdanow, Stalin oder Breschnew durch, bis er auf einen orange-grünen Umschlag mit einem flimmernden französischen Titel stieß: *Arbeiter- und Bauern-Almanach von 1949*. Er schlug das Buch auf den Rand des Containers, um es vom weißen Staub zu befreien. Aus einem Fenster im dritten Stock beobachtete ihn ein Arbeiter.

»Wenn Sie das interessiert, können Sie alles mitnehmen.«

Novacek steckte den Almanach ein und hob den Kopf.

»Danke, aber ich glaube, ich habe das schon alles gelesen. Werfen Sie einfach alles weg, ohne es durchzusehen?«

»Wozu? Dabei kann man höchstens böse Überraschungen erleben!«

Die städtischen Gärtner

Deutsche, italienische, spanische und französische Touristenhorden zogen in Fünfzigergruppen über den Wenzelsplatz, immer eine Busladung. Die Führer marschierten vorneweg und hielten bunte Regenschirme hoch, um ihre Herden zusammenzuhalten. Einer hatte einen rosaroten Panther auf die Spitze seines Schirms gesteckt. Das Plüschtier schwebte über den Köpfen einer Gruppe von Rentnern, einige hatten noch die Buttons vom letzten Ausflug angesteckt, Euro-Disneyland. Die sechzigjährigen Mickys und Minnies hielten zwei Minuten vor der von Myslbek geschaffenen Statue des ermordeten Herrschers, zwei andere bei den Kerzen und Photos von Jan Palach, ein Blick aufs Nationalmuseum, dann gingen sie in der Bar des *Ambassador* ein Bier trinken und tauschten ihre Eindrücke aus.

Novacek kehrte bei *Krone* ein, angezogen vom Duft der Brathähnchen. Er bestellte sich ein Stück Brust, an dem noch ein knuspriger Flügel hing und schlang es im Stehen herunter, während er durch das Fenster die Masse der Neugierigen vorbeiströmen sah. Als er sich den Mund abwischte, fiel ihm ein Gesicht auf. Der Typ hatte seine Klamotten gewechselt. Er schäkerte mit einem der Straßenmädchen herum, das an einer Sandwich-Bude lehnte. Novacek ging direkt auf ihn zu, ohne ihn aus den Augen zu lassen. Als er einen Meter vor dem Paar stand, zog er das Bündel mit den wertlosen Geldscheinen heraus und warf es dem Gauner ins Gesicht, der nach der ersten Überraschung im Zickzack in der Menge verschwand. Novacek sah ihn in der U-Bahn-Station Můstek verschwinden. Er verfolgte ihn etwa hundert Meter und blieb dann an der Rolltreppe stehen, die zu den Bahnsteigen hinabführte, um sich zu vergewissern, daß der Geldwechsler ihn wenigstens mit seinem Schweiß entschädigte. Dann ging er langsam zum Hotel *Europa*. Als er die Tür aufstieß, begann es zu regnen. Die Hostesse gab ihm mit seinem Schlüssel eine Nachricht von Alain Cordier. Er machte den Fernseher an, ohne Ton, streckte sich auf dem Bauch auf dem Bett aus und wählte die Nummer, während er zerstreut den Tanzmeditations-Kurs auf TV 5 verfolgte.

»Dobrý den, pane Cordier!«

»Entschuldige, aber mein Spracherkennungsprogramm ist gerade auf Serbokroatisch eingestellt.«

»Du hast mich angerufen. Gibt es was Neues?«

»Ich weiß nicht, ob dir das weiterhilft, aber ich habe die Spur eines Tschechen gefunden, der damals mit dir und Nina Doline bei der *Libé* gearbeitet hat. Er ist jetzt bei einer Prager Zeitschrift, die *Direkt* heißt. Das ist eine Wochenzeitschrift für allgemeine Informationen, die in den Räumen von *Soldat der Freiheit* residiert, der früheren Zeitschrift des Innenministeriums. Hast du was zum Aufschreiben?«

Novacek griff nach dem Block und dem Kuli mit dem Signet des Hotels.

»Ich höre.«

»Osvald Ostatek. Er ist eine Art Redaktionsleiter. Die Redaktion ist in der Janáčkovo nábřeži 12, in Malá Strana, seine Telephonnummer ist 75-16-19.«

Novacek legte den Hörer auf und stellte mit der Fernbedienung den Fernseher aus. Er erinnerte sich dunkel an Osvald, der am Empfangsschalter in der Rue Christiani gearbeitet hatte. In der Bar des *Diplomate* hatten sie mal ein Bier getrunken und miteinander geredet. Er schloß die Augen, um sich sein Gesicht zu vergegenwärtigen, aber er erinnerte sich nur an die Züge von Nina. Der Regen hatte die Touristenhorden vom Platz verjagt, der Wind peitschte über die Pfützen. Er blieb eine Weile stehen und beobachtete, wie der Regen das Licht der Straßenlaternen schraffierte, dann ließ er Prag hinter den sienafarbenen Vorhängen verschwinden. Mit dem *Arbeiter- und Bauernalmanach von 1949* setzte er sich auf das Ecksofa und blätterte in den Kalenderseiten des lange zurückliegenden Jahres. Neben den Photos von zwei antifrancistischen Widerstandskämpfern, Zoroa und Baos, die in Spanien hingerichtet wurden, ein Bild vom Aufmarsch dreißigtausend kommunistischer Frauen vor der Statue von Jeanne d'Arc; neben der Ermordung von Mahatma Gandhi, die Bildung der nationalen Einheitsregierung in Prag unter der Leitung von Klement Gottwald. Weiter hinten berichtete ein Professor vom Collège de France über seinen Aufenthalt im Paradies der Werktätigen, während ein Dichter die Reize seiner »Rose« besang:

Frisch duftende rote Rose der Gerechtigkeit
Und des triumphalen Sieges, das ist der Traum,
Und noch triumphaler ist die Tat.
Freiheit Freiheit erklingt es auf stählernen Harfen

Und auf seidenen Harfen wird die Freiheit der Ernten besungen.
Ein Feuerwerk über den Dächern der Proletarier.

Die kämpferischen Verse, die vergilbten Blätter und das Photo von Stalin in weißer Generalsuniform verschwammen, und er fragte sich, wo sein Vater wohl in jenem Jahr gewesen sein mochte, als die Wörter zu Wendehälsen und die Tschechoslowakei volksdemokratisch wurde. Er dachte an die öde Leere der Gehirne, an die später Erhängten, die ihren Strick in den Jubel flochten, an die aus den Lagern Zurückgekehrten, die zu Kollaborateuren wurden, an die ehemaligen Henker, die wieder gute Judasdienste leisteten, an die analphabetischen Zensoren, an die grauen Beamten, die das Volk klein halten sollten, an die Statistiker, die die Feineinstellung der Köpfe vornahmen... Die Alarmanlage eines am Gehsteig geparkten Luxusautos heulte auf. Er schlug die von *Pif le Chien*, dem Comic-Hund aus der *Humanité*, überwachten Seiten um und stieß auf das Kulturtagebuch, das sich mit literarischen Neuigkeiten befaßte. Der Kläffer vom Dienst hatte keine Mühe gescheut.

Lügen, Betrügereien, Drohungen und schamlose Propaganda werden von denen eingesetzt, die keine andere Hoffnung als Konfusion und Täuschung haben, um ihre stumpfsinnigen Schriften zu verbreiten und Loblieder auf die USA zu singen. Unsere Pflicht ist es, sich auf die Seite der Wahrheit zu stellen und weiterzuentwickeln, was gesund und nahrhaft für den Menschen ist und einen Platz in einer Bibliothek verdient. In der ersten Reihe müssen die Bücher stehen, die für den Arbeiter ebenso notwendig sind wie die Luft und das Brot, solide und kraftvolle Pamphlete wie Existentialismus ist kein Humanismus *von Jean Kanapa und* Der Surrealismus gegen die Revolution *von Roger Vailland, die mit zwei großen Mystifikationen der Bourgeoisie abrechnen. In* Eine Totengräber-Literatur *verdammt Roger Garaudy unwiderruflich die Meinungsvergifter.*

Durch einen jähen Windstoß öffnete sich das Fenster. Der Vorhang blähte sich wie ein Segel und fegte alles auf seinem Weg beiseite. Novacek stand auf und verwickelte sich in das durchsichtige glänzende Gewebe, bis es ihm endlich gelang, den Griff des Fensterriegels zu erwischen. Vom Sturm in den Schlaf gewiegt, fragte er sich, wie viele Bücher von Queneau, Vian und Perec verloren gegangen und ob ihre Autoren zu Kohle- oder Bierfahrern, Friedhofswächtern oder städtischen Gärtnern gemacht worden wären, wenn der Redakteur des *Arbeiter-und Bauern-Almanachs* Kultusminister eines volksdemokratischen Frankreichs geworden wäre.

Quinzinzinzili

Das Gebimmel einer Straßenbahn schreckte Novacek aus seinen Gedanken auf. Er machte einen Schlenker und ordnete sich wieder in die rechte Spur ein. Unter ihm verschluckte die Moldau die letzten Rinnsale der Dunkelheit, kleine Strudel erzeugten ockerfarbenen Schaum an den Schleusen. Neben den Fahrradständen auf der Střelecký-Insel ließen Kinder inmitten von Möwenkolonien Drachen steigen. Die fahle Sonne betonte die Reliefs der strengen Fassaden der Janáčkovo-Straße. Novacek fand einen Parkplatz vor den Tiefkühltruhen der *Baltischen Fischhalle*, unter einem riesigen Narwal aus Stuck, der ihr Wahrzeichen war. Die Gehsteige waren menschenleer, und erst als er an die verschlossene Tür der Zeitschrift *Direkt* klopfte, ging ihm auf, daß die ländliche Ruhe nicht nur durch den Fluß zustandekam, sondern auch, weil Sonntag war. Er ließ sein Auto stehen und ging zu der mit Wasserkraft betriebenen Drahtseilbahn bei der Petřín-Warte. Auf alten, mit Plastikfolie überzogenen Photos an den Kabinenwänden wurde das System der Wasserreservoire erklärt, die auf dem Gipfel des Hügels gefüllt und unten geleert wurden, wodurch es schon zu Anfang des Jahrhunderts möglich war, ohne Kraftaufwand auf den Hügel zu kommen. Er ging in die Klostergärten, die hinter dem Aussichtsturm, einer Kopie des Eiffelturms, lagen. Zwei Mädchen mit blonden Zöpfen, Faltenröcken und weißen Blusen und Schuhen saßen mit baumelnden Beinen an beiden Enden eines Tisches neben einem Toreingang.

Der Wind übertrug eine verzerrte Akkordeonmelodie und das Weinen einer Geige. Er trat näher und streckte den Kopf durch die Öffnung. Reklamelastwagen versperrten den Blick. Zwischen den mit riesigen Konservendosen verzierten Planen konnte man einen weitläufigen Park erahnen. Das Geräusch einer Menschenmenge war zu vernehmen. Novacek gab dem einen Mädchen zwanzig Kronen und bekam dafür eine Eintrittskarte, die von dem anderen Mädchen durchgerissen wurde. Er folgte einem kleinen Pfad, der zu einem mit Schwänen geschmückten Bassin führte. Eine Gruppe von Schönheitsköniginnen in Badeanzügen ging mit blaugefrorenen Schenkeln kichernd in dem Kreis auf und ab, der von vier Wohnwagen gebildet wurde, die ihnen als Unterkunft dienten. Die Grünfläche des Parks war mit Bambuszäunen in zehn mal zehn Meter große Karrees aufgeteilt. Die Zuschauer pilgerten von einer Parzelle zur nächsten und notierten ihre Eindrücke auf einem Vordruck. Novacek steuerte wie ein blöder Gaffer direkt auf den belebtesten Sektor zu. Er benutzte seine Ellbogen und drängelte sich in die erste Reihe vor. Zwei elegante Damen mit Stöckelschuhen führten in dem abgesteckten Bereich an einer kurzen Leine zwei Dobermänner umher. Die Viecher gingen im Schritt, ließen ihre Muskeln spielen und öffneten die Schnauze, um ihr tadelloses Gebiß zu zeigen. Daneben präsentierte man Dalmatiner, weiter hinten gab es furchterregende ukrainische Hirtenhunde und lächerlich kleine Pekinesen. An einem Stand wurden emaillierte Schilder verkauft: »Eintritt verboten! Privatgelände!«, »Vorsicht, bissiger Hund!«. Er schlenderte durch die Hundeausstellung und kam zu der Schlußfolgerung, daß sie nur dazu diente, in Mitteleuropa einen neuen Markt zu erschließen, den Markt für Fleischklößchen, Puffreis, gefriergetrocknete Innereien, Anti-Zecken-Shampooing und automatisch einrollbare Hundeleinen. Bald würde das Schicksal herrenloser Hunde hier wie in Paris mehr Mitleid erregen als das der Menschen, die in Pappkartons hausen.

Durch ein Labyrinth von Treppen und Gärten gelangte Novacek auf die Nerudagasse und ging dann in Richtung Altstadt weiter. Der Schatten der Statuen auf der Karlsbrücke fiel auf die Verkaufsstände der Trödler. Er kaufte sich eine Mütze und rückte sie zurecht, indem er sich in den Spiegelgläsern der Sonnenbrille des polnischen Händlers betrachtete. Die unter dem Bogen des Altstädter Brückenturms wartenden Fußgänger überquerten, nachdem die Straßenbahn vorbeigefahren war, im Block die Straße. Die Buchhandlung, von der Micki gesprochen hatte, lag nur zwanzig Meter weiter, gleich am Anfang der Karlsgasse, hinter einem Laden mit Holzspielzeug. Auf Glasgestellen lagen antiquarische Bücher, hauptsächlich in deutscher Sprache. Gotische Bibeln aus Mainz, Holzschnitte von Frankfurt am Main und Kupferstiche von Stuttgart. Hinter einem Stapel Baedeker entdeckte er einen *Précis de Géographie Indienne à l'Usage des Découvreurs*, der 1734 in Genf erschienen war. Auf dem Einband war eine Familie menschenfressender Eingeborener abgebildet, die sich gerade anschickte, das Corpus delicti verschwinden zu lassen.

Er öffnete eine kleine Tür, die in ein massives Portal neben dem Geschäft eingebaut war. Das Licht der Straße fiel auf ein Stück glänzendes Kupfer, das an der Wand des gewölbten Durchgangs hing. Die Tür fiel wieder zu und tauchte den Durchgang in Dunkelheit. Sofort wurde die feuchte Kälte spürbar. Novacek zündete ein Streichholz an und näherte sich der Skulptur. Im flackernden Licht sah er die Büste eines etwa fünfzigjährigen Mannes mit stechendem Blick, leicht abstehenden Ohren, der Mund hervorgehoben durch einen dichten Kinn- und Schnurrbart. Eine Inschrift aus getriebenem Metall befriedigte die Neugier unternehmungslustiger Passanten: Johannes Kepler, heliozentrischer Astronom. Eine zweite Tür führte in eine Gasse, die von alten Häusern eingerahmt war, deren Fassaden durch Treppen und Laufgänge aufgelockert wurden. Er marschierte bis zu einem Durchgang, dessen Seiten aus Stützbalken bestanden, die nichts mehr trugen. Danach kam man durch eine Art Portikus aus Holz über einem ehemaligen Wassergraben auf einen dreieckigen Hof, in dessen Mitte ein kümmerlicher Baum stand. In den Etagen hinter den mit gelbgrünem Moos bedeckten Gerüsten, Zeugen eines gescheiterten Renovierungsversuchs, verteilten ungeübte Finger die Noten einer Smetana-Oper auf den Tasten eines Klaviers. Novacek konnte keine weiteren Lebenszeichen ausmachen. Er stieß ein zweites Portal auf, ebenso düster und imposant wie das erste, und gelangte auf den Smetanovo-Quai. Das Quietschen der Scharniere schreckte einen Haufen schwarzer Vögel auf, die sich um Aas zankten. Er kehrte um und entdeckte eine Lampe, die schwach hinter einem bleiverglasten Fenster glimmte. Als sich zwischen dem Licht und der Scheibe ein Schatten bewegte, trat er näher. Zwei Stufen führten zu einer niedrigen Tür hinunter: »Antiquariat«. Auf einer links angeschraubten Kupferplatte waren die Spuren sämtlicher Lack- und Farbschichten zu sehen, mit denen man das Holz der Türöffnung gestrichen hatte. Als er nach dem daneben hängenden Türklopfer griff, spürte er die Kälte von Jahrhunderten.

Er klopfte zwei Mal und entschloß sich einzutreten. Dabei löste er ein Glockenspiel aus, das so ähnlich wie das im Rathaus von Staré Město klang. Er mußte zwei weitere in der Mitte ausgehöhlte und gefährlich aussehende Stufen hinabsteigen. Da sich die Buchhandlung im Keller des Gebäudes befand, war die Decke sehr niedrig. Gewaltige Eichenbalken verstärkten noch den deprimierenden Eindruck. Die Wände waren vollständig mit gebundenen Büchern bedeckt, an jedem Regal hing ein Pappschild in deutscher Sprache und mit gotischen Lettern, auf dem stand, was sich im jeweiligen Fach befand. In der Mitte des Raumes standen Kisten mit Ramschtiteln, neueren Büchern, Taschenbüchern, Zeitschriften, Postkarten und Stichen. Novacek brauchte einige Sekunden, bis er den Buchhändler entdeckte. Er saß über Papiere gebeugt an einem kleinen Tisch, die Umrisse seines Körpers verschwammen mit der Einrichtung. Er nickte ihm kurz zu und trat an ein Regal mit der Rubrik »ZEIT und DAUER«. Sein Finger wanderte an den Buchrücken entlang und blieb bei der Vertiefung des goldenen Prägestempels eines seltenen Werkes stehen: *De architectura* von Vitruv in der Berliner Ausgabe von 1918. Der auf Ebhardt zurückgehende Titel nahm die Hälfte des

Einbands ein: *Die zehn Bücher der Architektur des Vitruv und ihre Herausgeber mit einem Verzeichnis der vorhandenen Ausgaben und Erläuterungen.* Er zog den Band heraus und schlug zufällig eine Reihe von Skizzen auf, die die Funktionsweise von römischen Aquädukten erläuterten. Der Buchhändler hatte sogleich auf Novaceks Wahl reagiert. Er faltete sich auseinander und erinnerte in keiner Weise an einen gelehrten alten Buchverkäufer, der sich schweigend durch Berge des Wissens arbeitet und seinen Kneifer auf der Nase zurechtrückt. Er war ein Koloß mit vierschrötigem Gesicht und entschlossenem Auftreten, einer von denen, die man eher am Eingang von Rockkonzerten oder Supermärkten trifft, oder in Schlachthöfen. Novacek stellte den Band ins Regal zurück.

»Das ist wirklich ein wunderbares Werk!«

»Ja, sehr gute Arbeit, und es gab ja nur eine kleine Auflage. Wenn Sie sich für Vitruv interessieren, wir haben auch noch ein Faksimile der ersten italienischen Ausgabe von Cesariano in Como, von 1521.«

»Ich fürchte, ich kann es mir nur ansehen, da ich nicht die Mittel habe. Ich interessiere mich eigentlich mehr für den Phantastischen Roman und Science-fiction.«

Der Buchhändler schob ihm einen Quartband hinüber, *Der Kalender* von Papert.

»Als all diese Gelehrten über die Planetenbewegungen, die Zeit, die Vergangenheit und die Zukunft schrieben, konnten sie ihre Hypothesen nicht beweisen. Das war reine Spekulation, sie haben gewissermaßen Romane geschrieben.«

Novacek sah sich die Erstausgabe des einzigen Buches von Alfred Kubin an, *Die andere Seite*, da ihm die vom Autor selbst gezeichneten Illustrationen gefielen, und ging dann weiter nach hinten in den Laden, angezogen von einem Plakat der Zeitung *Le Matin* und einer Kopie von Fantomas für das Feuilleton des *Le Nyctalope* von Jean de la Hire. Auf der Suche nach einer Spur von Frédéric Doline stöberte er in den Veröffentlichungen von Hachette, Denoël und Néo herum. Er blätterte ein erbärmliches

Ding von André Maurois, Académie française, mit dem Titel *Die Maschine zum Gedankenlesen* durch und entschied sich schließlich für *Quinzinzinzili*, den Roman eines Autors, von dem er noch nie etwas gehört hatte, Régis Messac, weil es ihn amüsierte, wie die kindlichen Helden das Vaterunser rezitierten:

Boudi-Hou, Pat'Not	*Libgo, Vatuns*
Quinzinzinzili	*DedubisimHi*
Do pain conyenyen	*Gibununstebro*
Ramainlibonbon	*GibunBonbon*
Elicadjoulain	*UnWeihges*
Elibenzonton	*UnschoenAutos*
Lizontonkiroul	*Difan*
Elifunkichouf	*UndaweFeu*
Etou çakinbon	*Unalwagutis*
Raminlamanman	*GibunMamazruek*
Boudi-Hou, Pat'Not.	*Libgo, Vatuns.*
Quinzinzinzili!	*DedubisimHi!*

(Lieber Gott, Vater Unser, der du bist im Himmel, gib uns unser täglich Brot, gib uns Bonbons und Weihnachtsgeschenke, und schöne Autos, Autos, die fahren, und das wärmende Feuer, und alles, was gut ist, gib uns Mama zurück, lieber Gott, Vater Unser, der du bist im Himmel.)

Er erinnerte sich an einen Anwalt namens Messac, der auf Presserecht spezialisiert war und ihn zu Beginn seiner journalistischen Karriere in einem Verleumdungsprozeß verteidigt hatte, und fragte sich, ob er etwas mit dem Schriftsteller zu tun hatte, der als vierter Autor auf dem Umschlag eines Pamphlets stand, das sich gegen den Lateinunterricht aussprach: *Nieder mit dem Latein*. Der Muskelprotz von Buchhändler hatte sich wieder hinter seinen Tisch geklemmt. Novacek wollte schon bezahlen, blieb dann aber noch vor einer der Kisten stehen und blätterte zerstreut die Zeitschriften durch: komplette Sammlungen amerikanischer Publikationen wie *Locus* und *Analog*, und einige Ausgaben von *Amazing Stories*. Er entdeckte zwei oder drei französische Hefte und wollte gerade zur Kasse weitergehen, als sein

Blick bei der Abkürzung T.S.P.L. hängen blieb, Tschechoslowakischer Schriftstellerverband für Phantastische Literatur. Sie prangte ganz unten auf einer Seite der hektographierten Zeitschrift *Klepsydra*, die in Englisch geschrieben war. Er machte sich nicht die Mühe, die Exemplare durchzublättern, sondern suchte alle vorhandenen Ausgaben heraus und legte sie mit dem Zukunftsroman von Régis Messac auf den Tisch des Buchhändlers.

»Wieviel bin ich Ihnen schuldig?«

Der Buchhändler begann mit einem schwarzen Stift auf einem Zeitungsrand Zahlen zusammenzuzählen.

»Fünfundzwanzig Kronen. Das ist der Preis für das Buch, den Rest schenke ich Ihnen.«

Er legte die Hand auf Novaceks Erwerbungen.

»Vielen Dank. Ein Freund von mir hat eine Studie über Klepsydren veröffentlicht und sammelt alles, was nur irgendwie mit Wasseruhren zu tun hat. Er wird sich wie verrückt freuen.«

»Wir haben noch eine sehr schöne Ausgabe von *Die schwarze Seele Böhmens* auf Lager, ein Text, der Chwusza zugeschrieben wird, in dem in mehreren Kapiteln die Klepsydra auf Burg Karlstein und die Gartenuhr von Schloß Konopiště beschrieben werden. Wie es in dem Buch heißt, soll man an schönen Tagen die Uhrzeit an den Blüten der Blumen ablesen können.«

»Das werde ich meinem Freund auf jeden Fall erzählen!«

Novacek sammelte seine Bücher zusammen und blieb auf dem Weg zur Tür noch einmal stehen.

»Ich habe mir nur die Regale mit den französischen Titeln angesehen, aber Sie haben keines der Bücher von meinem Freund. Er hat etwa fünfzig Science-fiction- und Phantastische Romane veröffentlicht.«

»Und wie ist sein Name?«

»Frédéric Doline.«

Die Gesichtsmuskeln des Buchhändlers erschlafften, sein Lächeln verschwand für den Bruchteil einer Sekunde, er schürzte die Lippen und runzelte die Stirn. Novacek konnte die Schärfe seines Blicks fast körperlich spüren, aber er hielt sich an seine

Rolle als zufriedener Kunde. Er drehte sich halb um, warf ihm einen schnellen Blick zu und schloß die Tür. Das fein dosierte Lächeln kam wieder zum Vorschein.

»Ich kann in unserem Lager nachsehen. Kommen Sie doch morgen noch mal vorbei.«

»Das ist leider nicht möglich, ich reise morgen früh ab.«

In der Passage fielen große Schneeflocken herab. Sie tanzten um die Straßenlaternen, fielen auf das Pflaster und verschwanden, wie vom Boden aufgesogen. Er schob seine Mütze zurecht und ging die Karlsgasse hinauf. Junge Mädchen verteilten vor dem Klementinum Prospekte für ein Rockkonzert und man konnte hören, wie im Innenhof die Instrumente gestimmt wurden.

Die Klepsydra

Inmitten einer mit Nikons, Canons und Kodaks bewaffneten Menge ließ er sich langsam vorwärtstreiben und entzifferte dabei die Überschriften der Artikel in der *Klepsydra.* Als er nach rechts zum Hotel abbiegen wollte, fiel ihm ein, daß sein Auto auf der anderen Seite des Flusses stand. Er stieg in eine überfüllte Straßenbahn, die an der Ecke der Národní hielt. Eine Art türkisches Bad auf Rädern. Während der Fahrt war er hinter dem Rücken einer riesigen Frau eingeklemmt, deren billiger Wollmantel den Geruch von Hundepisse verströmte. Gleich nach der Moldau stiegen nur zwei Personen aus, Novacek in der Mitte und hinten ein unauffälliger Typ, der einen grauen Lodenmantel trug und den Kopf mit einer Kappe geschützt hatte. Der Mann ging am Quai entlang und steckte sich in einem Hauseingang eine Zigarette an. Er zog an seiner Kippe und beobachtete, wie Novacek auf die *Baltische Fischhalle* zuging. Als Novacek sich ans Steuer des Volvo setzte, warf er den Stummel weg und stürzte hinter dem ersten besten Taxi hinterher, einem roten Skoda. Die beiden Wagen fuhren auf der leeren Straße hintereinander in Richtung Jiráskův-Brücke.

An den Straßenrändern, neben den windgepeitschten Kreuzungen und auf den Dächern und Kuppeln wehte sich der Schnee zusammen. Novacek fuhr etwas zu schnell über eine gefrorene Pfütze. Er rutschte hinten weg und machte den Fehler, zu bremsen, was ihn noch mehr ins Schleudern brachte. Er stieß gegen die Bordsteinkante und lenkte in die Gegenrichtung, um nicht gegen das Brückengeländer zu prallen. Als er verzweifelt in den Rückspiegel sah, bemerkte er weiter hinten das Taxi. Er ließ den Fluß hinter sich, fuhr in das enge Gassennetz von Nové Město und hielt schließlich vor den Gittern des Botanischen Gartens. Vom schlechten Wetter vertrieben, klappten Schachspieler ihre Bretter zusammen und legten die Figuren in Schachteln mit blankpolierten Deckeln.

Novacek steuerte ein Bierlokal an, das an einer Poliklinik klebte. Er setzte sich an einen der hinteren Tische, um unauffällig die Straße beobachten zu können, und bestellte ein Bier. Der Skoda stand auf der anderen Seite der Kreuzung vor dem Schaufenster eines Rahmenmachers. Der Fahrer stieg aus und kaufte sich ein Würstchen, sein Fahrgast blieb hinten im Wagen sitzen, verdeckt von Schneeflocken, die an der Scheibe hängenblieben. Novacek zog die Ausgaben der *Klepsydra* aus seiner Tasche. Er begann in ihnen zu lesen, warf ab und zu einen Blick auf den Skoda und amüsierte sich bei dem Gedanken, daß der Gebührenzähler mit jedem entzifferten Wort eine Krone weitersprang. Alle Ausgaben waren in Englisch geschrieben und in Prag gedruckt worden. Die erste Nummer vom Mai 1985 war fast ausschließlich Maurice Renard (1875-1939) gewidmet, dem Autor von einem Dutzend Zukunftsromanen, darunter *Orlaks Hände*, die Geschichte eines berühmten Pianisten, der sich nach einem Unfall die Hände eines hingerichteten Mörders transplantieren läßt und nach und nach feststellen muß, daß sie die Erinnerung an ihre Missetaten bewahrt haben. Erinnerung und Nostalgie... Das letzte Blatt bestand zur Hälfte aus einer Liste von Büchern, deren Helden unendlich verkleinert werden, von *Die Ameisen* von Emmerich de Vattel (1757), über *Ein Mensch unter Mikroben* von Maurice Renard und

Der Sturz ins Nichts von Marc Wersinger bis zu *Die unglaubliche Geschichte des Mr. C.* von Richard Matheson. Die zweite Hälfte enthielt Neuigkeiten über die Aktivitäten, die rund um diese Literaturgattung stattgefunden hatten. Die beiden nächsten Hefte beschäftigten sich mit dem Schaffen von Olaf Stapledon und Alfred Bester. Die Notizen im vierten Heft brachten nichts grundlegend Neues, außer daß sich ein Stadtteil in Los Angeles zu Ehren von Edgar Rice Bourroughs »Tarzana« genannt hatte. Das letzte Heft dagegen erwies sich, nach einer Studie über Alexander Beliaev und die sowjetische *naoutchnaja fantastika*, als äußerst aufschlußreich. Laut Copyright war es im Januar 1989 in Prag erschienen, und am Ende wurde für den nächsten Monat in der tschechischen Hauptstadt ein Internationaler Kongreß der Schriftsteller der Phantastischen Literatur angekündigt, der auf Initiative des T.S.P.L. einberufen wurde. Präsident des Treffens sollte, unter der Schirmherrschaft des Kultusministeriums, der sowjetische Romancier Youri Setiolov sein. Sein Werk, seine Titel und seine Preise waren unter seinem Porträt aufgelistet, ein rundes Gesicht, fröhliche Augen, kurze Haare. Dann folgten in alphabetischer Reihenfolge die vierzig Autoren, die ihr Kommen zugesagt hatten. Der Ostblock hatte sich angemeldet, Ungarn, Bulgaren, Polen und Ostdeutsche bildeten das Gros der Truppe, das von einem Vietnamesen unterstützt wurde. Der Westen war nicht so stark vertreten: ein Österreicher, ein Westdeutscher, ein Italiener, ein Spanier, ein Schwede, ein Engländer, ein Mexikaner und ein Franzose, dessen Namen er nicht ohne Erregung las: Frédéric Doline. Er zog sein Notizbuch aus der Tasche, um nachzulesen, was er während des Gesprächs mit Nina in seinem Büro aufgeschrieben hatte, aber er war sich sicher, daß sie Doline erst ein Jahr später kennengelernt hatte, nämlich 1990, und daher nichts von dieser ersten Reise wußte. Die Notizen brachten ihn nicht weiter. Auf der anderen Seite der Kreuzung hatte der Taxifahrer sein Würstchen aufgegessen. Sein Fahrgast hatte sich keinen Millimeter bewegt. Novacek stand auf, bezahlte an der Theke und ging kurz auf die Toilette. Die Wände waren mit Graffitis bedeckt. Während er sich erleichterte, entdeckte er eines, das er in einer Ecke seines Gehirns speicherte:

Tartara dschimm bumm dschim bumm
dschimm bumm-bumm
Tartara dschimm bumm dschimm bumm-bumm
(Text und Musik von Wladimir Schirinowski)

Er fuhr Richtung Nusle und der Skoda nahm wieder die Verfolgung auf. Die Reifen des Volvo drückten ihre Spur in den jungfräulichen Schnee. Er hielt vor der Eingangshalle des *Forum*-Hotels, einem Glas- und Betonturm an einer Schnellstraße, stieg aus und gab dem livrierten Portier, der sich ihm mit einem großen Regenschirm näherte, seinen Autoschlüssel, eingewickelt in zwei Hunderter. Mit einer Kopfbewegung wies er auf das Taxi.

»Da ist ein eifersüchtiger Ehemann, der mir an den Fersen klebt. Können Sie mir die Hand schütteln und den Wagen in einer kleinen Gasse hinter dem Hotel parken?«

Der Angestellte antwortete mit einem Augenzwinkern.

»Zu Diensten, mein Herr. Wenn Sie weggehen wollen, ohne gesehen zu werden, fahren Sie mit dem Fahrstuhl ins Untergeschoß und nehmen den Lieferantenausgang. Dort finden Sie Ihren Wagen.«

Novacek fuhr in die dritte Etage, ging zur Fensterfront des Salons und blickte vorsichtig durch den Vorhang. Der Lodenmann telephonierte in einer Telephonzelle. Er legte auf, warf einen Blick auf den Hotelturm und stieg hinten in den Skoda, der in der Altstadt verschwand.

Todschovalley

Fünf Minuten später verließ Novacek das Hotel *Forum*, vorsichtshalber durch das Untergeschoß. Sein Wagen stand am vorgesehenen Platz und der Zündschlüssel steckte hinter der rechten Sonnenblende. Mit voller Geschwindigkeit fuhr er durch die Prager Vorstädte zurück, die Nase direkt hinter der Windschutzscheibe, die Hände ans Lenkrad geklammert, den Blick fest auf das Licht seiner gelben Scheinwerfer gerichtet, deren Kegel den dichten Schneevorhang durchdrangen. Manchmal hupte es rechts oder links, aber sein Fuß berührte kaum einmal das Bremspedal. Erst unter dem Bogen neben der Karlsbrücke holte er den Skoda ein, der vor der Kreuzherrenkirche St. Franziskus hielt, bis der Fahrgast bezahlt hatte. Wegen der roten Ampel mußte er hinter dem Lieferwagen eines Blumengeschäfts stehen bleiben. Er beobachtete, wie der Mann zusammen mit einer Gruppe Japaner die Straße überquerte. Der Kragen des grauen Lodenmantels und der mit der Kappe bedeckte Kopf ragten fünfzehn Zentimeter über die kleinwüchsige Touristengruppe hinaus. Novacek fuhr langsam an und konnte sehen, wie er das schwere Portal der Kepler-Passage öffnete, die zu dem Antiquariat führte.

Nadège hatte versucht, ihn am späten Nachmittag zu erreichen. Beim Telephondienst des Hotel *Europa* hatte sie für ihn einen Gruß hinterlassen. Er versuchte zurückzurufen, aber die Sprechstunde war vorbei und sie kreuzte wahrscheinlich durch den Stadtteil, um Hausbesuche zu machen. Er ließ sich das Abendessen auf dem Zimmer servieren. Alain Cordier war getreulich auf seinem Posten. Seine Stimme klang nicht so munter, wie Novacek es von ihm gewohnt war.

»Was ist los, ist etwas schiefgegangen?«

»Nur ein bißchen. Ich habe den halben Vormittag damit verbracht, auf Minitel einen Fragebogen zur Auswahl für die Sendung ›Fragen für einen Champion‹ zu beantworten.«

»Sag bloß nicht, du bist durchgefallen, das würde ich dir nicht glauben!«

»Nein, im Gegenteil, ich habe keinen Fehler gemacht!«

»Und, wo liegt das Problem?«

»Ich habe meine Nummer auf dem Bildschirm hinterlassen. Sie haben mich angerufen und wollten einen Termin abmachen, ich müsse unbedingt an der Sendung teilnehmen. Alles lief gut, bis ich nachfragte, ob es mit meinem Rollstuhl keine Probleme geben würde, ins Studio zu kommen. Nein, hat der Typ gesagt, allerdings nicht sehr überzeugend. Ich habe nachgehakt. Es ist kein Problem, auf die Bühne zu kommen, aber danach wird es kompliziert. Hast du die Sendung schon mal gesehen?«

»Nein, zu der Zeit muß ich immer ›Helene und ihre Jungs‹ ansehen. Du kannst dir gar nicht vorstellen, wie sehr mir das hier fehlt!«

»Sehr witzig. Ich will es dir erklären. Die Kandidaten stehen hinter den Pulten und müssen auf Leuchtknöpfe drücken, wenn sie die richtige Antwort haben. Das einfachste wäre, eine Rampe zu bauen, damit ich auf die richtige Höhe komme, aber sie meinten, das würde lächerlich aussehen. Und noch lächerlicher wäre es, mein Pult abzusägen. Ergebnis der Verhandlungen, sie schikken mir als Trostpreis ein Lexikon.«

»Das ist doch immerhin etwas! Ich bin jedenfalls nicht allzu traurig, daß deine Karriere als Fernsehstar gescheitert ist: so kannst du weiter bei ›Novaceks Fragen‹ mitspielen!«

»Ich glaube, mit so einem Titel würdest du die Einschaltquoten völlig in den Keller bringen! Mach weiter, ich höre zu!«

Novacek stand auf, zog die Schnur hinter sich her und ging zur Garderobe. Er nahm die *Klepsydra*-Hefte aus seiner Manteltasche und setzte sich wieder vor seinen Teller mit Schweinebraten und Knödeln. Er schlug die Seite mit der Ankündigung des Prager Treffens der phantastischen Schriftsteller auf.

»Du mußt etwas über circa fünfzehn Schriftsteller herauskriegen, deren Namen ich dir gleich durchgebe. Eine blinde Klofrau hat mich zu einer Buchhandlung geschickt, die von Schwarzeneggers Bruder geleitet wird, und da bin ich auf eine Zeitschrift gestoßen, in der angekündigt wird, daß Doline im Rahmen eines internationalen Treffens nach Prag kommt. Hast du was zu schreiben?«

»Wenn du etwas langsamer sprichst, kann ich es direkt eintippen.«

»Du mußt dich vor allem um den Präsidenten des Kongresses, Youri Setiolov, einen Sowjetrussen, und um seinen Stellvertreter Sergej Martinov kümmern. Und dann um den, der sie eingeladen hat, den Tschechen Karel Bogdan. Es gibt auch einen Ungarn, Imre Zlavo, einen Bulgaren, Paraceff, einen Polen, Tomas Snirsky, einen Ostdeutschen, Wolf Drehen, und einen Vietnamesen, Le Minh...«

»Keinen aus Abchasien, Süd-Ossetien, Inguschien, Kumykien, Tschetschenien, Moldavien?«

»Im letzten Fall heißt es nicht ›Moldavien‹, sondern Transnistrien! Ich habe vergessen, dir zu sagen, daß das Treffen für Februar 1989 angekündigt war, und damals gab es für all das nur ein Wort: ›sowjetisch‹. Dafür habe ich aber noch einige westliche Schriftsteller auf Lager. Einen Österreicher, Dietrich Manterlé, einen Westdeutschen, Klaus Fleischung, einen Italiener, Pietro Albaretto, einen Spanier, Julio Ferrandez, einen Schweden, Freddy Moers, eine Frau, die Engländerin Alexandra Woodies, einen Mexikaner, Rodrigo Bedones, und für die französischen Farben: Frédéric Doline. Was meinst du, wie lange du dazu brauchst?«

»Die Namen der ersten Liste sind bereits in den Datenbanken der *Le Monde* und von *Livres-Hebdo* unterwegs. Mit den anderen wird es auch nicht lange dauern. Wenn in den letzten zwanzig Jahren etwas über deine Schreiberlinge erschienen ist, kriege ich das in einer Viertelstunde. Dann brauche ich nur noch auf die aktuellen Informationsdienste für die einzelnen Länder zugreifen. Sobald ich etwas herausbekomme, schicke ich dir ein Fax ins Hotel, dann hast du zum Frühstück was zu lesen!«

Der Schnee überzog den Wenzelsplatz wie ein faltenloses Laken. Die Prostituierten hatten sich unter die Portalvorbauten zurückgezogen, in die Eingänge der Passagen, wo einsame Touristen sich nach dem Stand ihrer Aktien erkundigten. Novacek glitt fröstelnd unter die Federbettdecke und wählte mit einem Daumendruck den französischen Kanal TV 5, auf dem eine Dokumentation über den Balkan lief. Es ging um den gestürzten bulgarischen Diktator Todor »Todscho« Schiwkow, der das Dorf Prawez, in dem seine Eltern früher Schweine züchteten, in eine moderne Stadt umgewandelt hatte, indem er es mit Sofia durch eine Autobahn verband, die modernsten Industrien des Landes ansiedelte und für die Schulen die besten Lehrer holte. Nach einem Bericht französischer Journalisten im bulgarischen Fernsehen hatte man es nur noch Todschovalley genannt. Eine zwei Kilometer lange Allee, die mit Steinplatten belegt war, auf denen Mitterand, Breschnew, Castro und Marchais entlanggepilgert waren, führte zur Statue des Landesherren, die Tag und Nacht von einer Armee Videokameras überwacht wurde. Nach seinem Sturz hatte man einen Esel an den leeren Sockel gebunden. Auf dem Bildschirm war der Kreis auf dem Rasen zu sehen, den das gefangene Tier gezogen hatte. Er wußte nicht warum, aber er mußte plötzlich an Jack Lang denken.

Ein Toter, ein lebender Leichnam, ein Söldner

Das Zimmermädchen setzte das Tablett ab und öffnete die Vorhänge für ein trübes Wetter. Wie mittelalterliche Sendschreiben lagen vier aufgerollte Faxe zwischen den kleinen runden Brötchen und der *Praha Post*, eine der drei englischen Tageszeitungen in Prag. Novacek dankte ihr mit einem Lächeln, wartete mit dem Aufstehen, bis sie gegangen war, und zog den weißen Bademantel mit dem Namensstempel des *Europa* an. Er trank den frisch gepreßten Orangensaft in einem Zug aus und ordnete die Mitteilungen in der Reihenfolge ihres Eintreffens. Alain Cordier hatte sich nicht viel Schlaf gegönnt: die ersten beiden Fernkopien waren um zwei Uhr morgens angekommen, die beiden anderen drei Stunden später. Er goß sich Kaffee ein und begann zu lesen, während er umrührte.

Dein Kumpel Youri Setiolov ist bekannt wie ein bunter Hund. Oder vielmehr als roter Hund. Einziges Problem, er liegt seit drei Jahren auf der Intensivstation des Suslow-Krankenhauses in Moskau, als lebender Leichnam. Halbseitige Lähmung durch einen Herzinfarkt. Das Gehirn wurde mehrere Minuten nicht durchblutet und alle Informationen wurden gelöscht. In einer Sondernummer der Zeitschrift Le Pli *über Rußland ist allerdings von einer Pilzver-*

giftung die Rede. In beiden Fällen bleibt die Diagnose jedenfalls unklar. – Er wurde am 12. Juni 1938 in Odessa auf der Krim geboren. Studium der Geschichte und Literatur. Militärdienst bei den Fallschirmjägern, Beginn des Berufslebens 1961 als Journalist bei der Gewerkschaftszeitung Trud. *Er versuchte sich als Kriegsberichterstatter und machte zum ersten Mal auf sich aufmerksam durch eine Langzeitreportage bei den Vietcongs während der Tet-Offensive im Februar-März 1968. Er begleitete das Kommando, dem es gelungen war, in die amerikanische Botschaft in Saigon einzudringen. Er wurde zu einer Art Held, den man von Stadt zu Stadt schleppte, um die sowjetischen Anstrengungen zugunsten der vietnamesischen Brüder anzukurbeln. Durch seinen Kontakt zur Nomenklatura lernte er seine Frau kennen, Oksana Tarasowa, die Tochter des KGB-Chefs für die Region Moskau. Diese Heirat eröffnete ihm neue Horizonte: 1972 veröffentlichte er sein erstes Buch,* Verlorene Reflexe, *ein Roman, der ganz detailliert das Leben der Bullen im Moskauer Zentralkommissariat in der Petrovska-Straße Nr. 38 beschreibt. Ein Mordserfolg im Land der Popows. Am 1. Mai 1974, unter Breschnew, Einladung in den Kreml. Dann abwechselnd Romane und Reportagen von allen Brennpunkten der Erde: Angola, Mosambik, Äthiopien, Irak, Nicaragua, Afghanistan... 1985 machte er Gorbatschows Wende mit und gründete den Internationalen Schriftstellerverband für Phantastische Literatur, um eine Annäherung an die westlichen Romanciers zu bewerkstelligen. Das Kind wurde in Genf aus der Taufe gehoben, während des Treffens zwischen Reagan und Gorbi. Höchst wahrscheinlich war der T.S.P.L. der tschechische Zweig des I.S.P.L. von Setiolov.*

Cordier hatte den beruflichen Ehrgeiz so weit getrieben, daß er auf dem zweiten Blatt der ersten Sendung eine komplette Bibliographie von Youri Setiolov abgetippt hatte, Daten der Erstausgaben und Verlage der Übersetzungen. Novacek brach ein Brötchen durch, bestrich den goldgelben Teig mit Kirschkonfitüre und rollte die beiden letzten Kopien auseinander, die er mit Zuckerstückchen auf dem Tisch fixierte. Auch Martinov, Setiolovs Stellvertreter, hatte sich eine längere Notiz verdient.

Sergej Martinov, geboren 1950 in Moskau. Literatur- und Übersetzerstudium (Englisch, Französisch, Spanisch, Italienisch, Türkisch, Arabisch). Veröffentlicht 1983 einen Aufsatz über den Phantastischen Roman in Rußland: Welche besseren Welten? *Kulturberater im Konsulat der UdSSR in Gijón, Spanien. 1984 in Kabul, wo er Setiolov trifft. Als Haupttriebfeder der I.S.P.L. bekommt er den Auftrag, Kontakte zu Schriftstellern im Westen zu knüpfen. Nach Gorbatschows Sturz, Ende 1991, bricht er mit Setiolov und übernimmt eine herrenlose Zeitung,* Sovietskaja Rossia, *die er zum Sprachrohr der national-bolschewistischen Strömung macht, in der sich UdSSR-Nostalgiker, Ultra-Nationalisten und Faschisten vereinen. Er war am Putsch von Ruzkoi und Chasbulatow im Oktober 93 beteiligt und schloß sich nach der Bombardierung des russischen Parlaments den serbischen Truppen unter Hauptmann Dragan in der Krajina an. Nach der Amnestie für die Putschisten, die von den kommunistischen und rechtsextremistischen Abgeordneten der Duma beschlossen wurde, kehrte er nach Moskau zurück.*

Die Biographie des Tschechen Karel Bogdan war im Vergleich dazu äußerst fade. Bis zum Alter von sechzig Jahren hatte er sich darauf beschränkt, etwa dreißig Romane, hundert Novellen und eine Serie für das staatliche Fernsehen zu schreiben. Fünfundzwanzig Episoden und ebenso viele Variationen zum Thema Phantom. Unter der Kontrolle des tschechoslowakischen Schriftstellerverbandes hatte er 1988 den T.S.P.L. gegründet. Ein Jahr nach der samtenen Revolution, deren Thesen er anscheinend übernommen hatte, war er an Krebs gestorben. Eine seltsame literarische Schule: ein Toter, ein lebender Leichnam und ein Söldner. Alain Cordier versprach eine neue Faxsalve für den späten Nachmittag. Novacek überflog kurz die Überschriften der *Praha Post* und ging unter die Dusche.

Mit Sand und Salz beladene Müllwagen kreuzten im Schneckentempo durch die Stadt. Angestellte der Müllabfuhr in dicken Lederjacken und schweren Stiefeln standen hinten auf den Wagen und schaufelten das Sandsalzgemisch auf die Straßen. Der

Autoverkehr war praktisch gleich Null, alle Prager nahmen mit den Nahverkehrsmitteln vorlieb oder wateten auf den Gehsteigen durch den Matsch. Der Höllenzug der Touristen hatte noch nicht begonnen, vor den Wechselstuben und Geschäften für böhmisches Kristall standen nur vereinzelte Gruppen. Nach langem Suchen fand er schließlich seinen Eiskratzer unter einem Haufen alter Zeitungen im Kofferraum und machte sich daran, den Volvo freizulegen. Der durch den starken Morgenfrost festgefrorene Schnee stach ihm in die Fingerspitzen. Er fuhr langsam auf die Národní, überquerte den Fluß und fand auf der Janáčkovo-Straße denselben Parkplatz wie am Vortag neben der *Baltischen Fischhalle*. In der Empfangshalle der Zeitschrift *Direkt* pinnte eine junge Frau, die auf den Spitzen ihrer roten Halbstiefel stand, die neueste Ausgabe an eine Korktafel. Durch ihre Armbewegungen rutschte ihr Rock so weit hoch, daß der größte Teil ihrer Oberschenkel zu sehen war. Novacek riskierte einen Blick auf das Schauspiel. Als er den Kopf wandte, begegnete er dem verschmitzten Lächeln der Empfangsdame, die hinter der Telephonanlage saß. Er trat näher und lächelte seinerseits.

»Guten Tag. Können Sie mir sagen, ob Monsieur Ostatek schon da ist?«

»Haben Sie einen Termin?«

»Nein, aber sagen Sie ihm bitte, daß ein alter Kollege von der *Libération* ihn sprechen möchte.«

Sie hob den Hörer ab, tippte auf der Tastatur herum und wechselte mit leiser Stimme einige Worte mit ihrem Gesprächspartner.

»Sein Büro ist im Zweiten. Er muß noch eine Besprechung beenden und kommt dann zu Ihnen.«

Ein klappriger Fahrstuhl mit einer überlackierten Holzkabine und einem schwarzen Schiebegitter schleppte ihn die Etagen hoch. Er beschäftigte sich bereits eine Viertelstunde mit den verschnörkelten Unterschriften unter der Bedienungsanleitung auf der Toilettentür, als Ostateks Stimme durch den Flur dröhnte. Die tschechischen Worte überschlugen sich, aber der Tonfall war weltweit verständlich: es wurde jemand zurechtgestaucht. Er hatte sich kaum verändert, immer noch das trügerische, vertrauenerweckende Knabengesicht, kurze Haare, eine eckige Brille mit vergoldetem Metallrahmen. Wenn man ihn zum ersten Mal vor sich sah, hatte man immer den Eindruck, daß er kein Wässerchen trüben könnte. Mit seinem weisen Kinderblick ließ er einen ruhig herankommen, und bei der ersten Gelegenheit haute er einen in die Pfanne. Der Typ, der an diesem Morgen diese Erfahrung machte, war so etwas wie ein Aushängeschild für neumodischen Liberalismus: karierter Glencheckanzug, dazu passende Weste, gefönte Haare, sonnengebräuntes Gesicht, ein Diplomatenkoffer in den manikürten Fingerspitzen. Ostatek blieb abrupt stehen, als er Novacek entdeckte, der im Flur auf und ab marschierte. Er ließ den tschechischen Yuppie stehen, als ob es sich um eine Seite mit alten Börsenkursen handelte.

»François! Was macht du denn hier?«

Er nahm seine Hand, zog ihn an sich und umarmte ihn.

»Ich bin für einige Tage in Prag und habe mir gesagt, wenn ich dich nicht besuche und du dann davon erfährst...«

»Ich hätte dich umgebracht!«

Novacek musterte ihn lächelnd von oben bis unten.

»Du hast dich kein bißchen verändert!«

»Wie heißt es noch bei euch, im Osten nichts Neues. Wie lange ist es her, seit wir uns das letzte Mal getroffen haben?«

»Ich sehe zwar nicht gern in den Rückspiegel, aber ich würde sagen, sechs oder sieben Jahre. Du bist weggegangen, als die Zeitung dich gerade vom freien Mitarbeiter zum Volljournalisten befördern wollte. Die in den oberen Etagen haben das überhaupt nicht begriffen!«

»Ich bin nach Nürnberg gegangen, weil ich näher hier dran sein wollte. Ich mußte das Gelände sondieren. Jedenfalls erinnere ich mich, daß du bei meinem Abschiedsumtrunk nicht dabei warst. Monsieur machte Urlaub in der Schweiz!«

»Urlaub ist gut! Ich war einem Genfer Bankier auf der Spur, der sich dadurch auszeichnete, daß er der Universalerbe von Hitler und Göring war. Außerdem war er die Geldwaschmaschine der

FNL während des Algerienkriegs. Und dann hat er noch die Verteidigung von Klaus Barbie und sämtlicher korrupten Führer Afrikas gesponsert. Ich habe schwer geackert!«

»Hättest ja nicht hingehen müssen!«

»Es ging mir gegen den Strich, daß ein Typ sich seine Zigaretten von den Tantiemen von *Mein Kampf* kauft!«

Der als Sieger kostümierte Mann mit dem arschkriecherischen Lächeln als Ausweis versuchte sich ins Gespräch einzuschalten. Er hob einen Aktendeckel mit einigen zusammengehefteten Blättern hoch. Osvald verabschiedete ihn mit einer Handbewegung und drückte auf den Fahrstuhlknopf.

»Ich muß auf die andere Seite der Moldau. Unterwegs lade ich dich zu einem Gläschen ein.«

Der Typ hielt es wohl für besser, nicht mitzukommen, und ging zur Treppe. Novacek sah ihm durch das Gitter nach.

»Du warst ganz schön hart zu diesem Self-made-man. Ist er einer von deinen Journalisten?«

»Du machst wohl Witze! Das ist ein Zeilenhonorar-Jäger. Davon steht jeden Morgen ein Dutzend vor meiner Tür und will mir die Exklusivstory des Jahrhunderts andrehen. Bei ihm ging es um ein Interview mit einem Architekten, der Notstationen für Obdachlose bauen will. Eine Art sich selbst reinigendes Badezimmer, das mit einer Holzpritsche, einem Wasserbehälter und einer Heizung ausgestattet ist. Er hatte alles dabei, Finanzierungspläne, Briefe zur Anwerbung von Partnerfirmen und die Aufstellorte, möglichst weit weg von der Route der Prager Stadtrundfahrt. Verstehst du, die einzige Zukunftsindustrie hier ist der Tourismus, und es ist schwierig, schöne Erinnerungsphotos mit einem Penner im Hintergrund zu machen.«

In der Eingangshalle gab Osvald einem Photographen ein Zeichen, ihm zu folgen, und sie stiegen zu dritt in den Volvo.

»Ich kenne den Architekten mit den Obdachlosen-Hütten. Letztes Jahr setzte er sich dafür ein, die Bänke in den Wartesälen und an allen öffentlichen Plätzen auszuwechseln. Er wollte sie durch Batterien von Hockern ersetzen, auf denen man sich nicht zum Schlafen ausstrecken konnte. Ein Mensch im Vollbesitz seiner Kräfte hätte höchstens eine Viertelstunde auf den Dingern sitzen können. Es genügte, daß ein Minister damit drohte, die Räume des Präsidentenpalasts damit auszustatten, um das Projekt zum Scheitern zu bringen.«

Novacek fuhr an einer Gruppe von Arbeitern vorbei, die Schnee schaufelten.

»Es ist immer einfacher, die Wirkungen zu bekämpfen, als sich mit den Ursachen zu befassen... Soll ich über die Brücke fahren?«

»Ja, und dann so bald wie möglich nach links... Vierzig Jahre lang hat man Statuen aufgestellt, und das hat allenfalls den Tauben gefallen. Da hinten auf dem Hügel, kurz vor der Flußbiegung, drückte ein fünfzig Meter hoher Stalin die Stadt und ihre Einwohner nieder. Sie haben Monate gebraucht, um ihn wegzusprengen, Anfang der sechziger Jahre. Zuvor hatten sie ihn in der Art von Christo verpackt, damit er nicht mehr zu sehen war. Für mich sind das die Gleichen, die Denkmäler für Tyrannen bauen und Hocker gegen die Armen erfinden. Es gibt nur einen kleinen Unterschied!«

Die rechten Räder des Volvo verfingen sich in den Straßenbahnschienen und rissen das Lenkrad hin und her.

»Welchen?«

»Der Bildhauer der Stalin-Statue hat das Verschwinden seines Meisterwerks nicht ertragen, er hat sich umgebracht. Aber, ich will dir damit nicht auf den Wecker gehen. Ich habe noch nicht mal gefragt, was du in Prag machst. Arbeitest du an einem Artikel?«

»Nein...«

»Sag bloß nicht, daß du als Tourist hier bist!«

Auf ein Zeichen von Osvald bog er nach rechts ab.

»Und was machst du nun? Reiseleiter?«

Es war ihm schon immer schwergefallen, mit Leuten aus seinem früheren Leben darüber zu reden. Er starrte auf die gerade Straße vor ihm.

»Ich habe mich selbständig gemacht. Ich bin... Ich bin Privatdetektiv... Deswegen...«

»Hör auf mit deinen Albernheiten. Nicht mit mir! Für welche Zeitung arbeitest du?«

Novacek blieb an einer Ampel stehen und hielt neben einer riesigen Sil-Limousine, auf deren Rücksitz ein Typ Zeitung las, völlig vertieft in das Spektakel von Kriegen und Katastrophen, den Körper durch getöntes Panzerglas vor der Welt geschützt.

»Ich verarsche dich nicht. Ich bin wirklich Privatdetektiv. So wie im Film, ich habe nur keine Uniform. Du hättest mir sofort geglaubt, wenn ich einen Staubmantel und einen Schlapphut tragen würde!«

Osvald gab ihm einen kleinen Klaps auf die Mütze, die er sich auf der Karlsbrücke gekauft hatte.

»Egal, ob nun Bulle oder Journalist, das ist doch das Gleiche! Bist du wegen deiner Arbeit hier?«

»Ja, und ich würde gern mit dir darüber reden. Du kannst mir bestimmt helfen.«

Sie parkten auf dem Mananske-Platz. Etwa fünfzig Leute drängelten sich vor einem Schaufenster, das mit dem Logo eines privaten Radiosenders verziert war, Love 98 F.M. Der Photograph stieg als erster aus. Er machte einige Bilder auf der Straße und folgte Osvald dann in das Gebäude. Im Flur öffnete ein Wachmann ihnen eine Tür, die in eine riesige Parterrewohnung führte. Sie befanden sich mitten in einem Appartement, aus dem man alle Türen außer der Toilettentür herausgenommen hatte und in dem es unmöglich war, sich den Blicken der Neugierigen zu entziehen, die sich auf dem Gehsteig hinter der Fensterfront drängelten, welche sich über die ganze Längsseite der Wohnung erstreckte. Ein junger Mann und eine junge Frau, die T-Shirts mit den Farben des Radiosenders trugen, sahen sich ein Fernsehmagazin an. Sie erhoben sich, als sie Osvald sahen. Der Photograph verschoß einen ganzen Film, um die Begegnung zu verewigen, und verschwand dann.

Kurz danach saßen Osvald und Novacek hinter einem Pilsener. Durch die Wände des alten Gasthauses war leise das Läuten der Glocken der Bethlehemskapelle zu hören, was den Eindruck ländlicher Ruhe verstärkte. Novacek tauchte die Lippen in den dichten Schaum.

»Ich habe da beim Radio nicht alles verstanden. Was ist das, ein ›Live‹-Porno‹?«

»Nein, so weit geht es nicht! Es gibt Vorhänge, damit sie sich ungestört ins Bett legen können. Das Paar ist tatsächlich frisch verheiratet. Sie verbringen ihre Flitterwochen in der Öffentlichkeit, und wenn sie zehn Tage durchhalten, kriegen sie Möbel für ihr Haus. Das ist eine Werbeaktion des Radiosenders. Er heißt nicht umsonst Love F.M. Die Versuchskaninchen müssen nur eine Bedingung erfüllen, außer der im Aquarium zu bleiben: bei jeden Kurznachrichten einige Worte sagen!«

»Und was hast du mit diesem Zirkus zu tun?«

»Ich schreibe in *Direkt* eine Chronik der Woche, die sich mit der Veränderung der Mentalität und der Verhaltensweisen beschäftigt. Ende letzter Woche kam es vor dem Fenster zu einem Handgemenge, als einige Typen ein Spruchband mit dem Text ›Faulpelze, ihr kriegt Geld, ohne etwas zu tun!‹ entrollt hatten. Ich versuche, zu verstehen. Leider gelingt mir das nicht oft... Erzähl mir lieber, warum du zu mir gekommen bist.«

Novacek hatte sich vorgenommen, nicht mehr zu trinken, aber Osvald hatte unmerklich einen kleinen Wink gegeben und der Wirt brachte zwei frische Biere.

»Das ist kein Getränk für Detektive, die müssen nämlich einen klaren Kopf haben!«

Er erklärte ihm detailliert die Umstände des Verschwindens von Frédéric Doline: vom Hilferuf ihrer gemeinsamen Kollegin

Nina, der früheren Setzerin bei der *Libération*, bis zur Entdeckung des Internationalen Schriftstellerverbandes für Phantastische Literatur und seines tschechischen Ablegers. Und schließlich zeigte er ihm die *Klepsydra*-Nummer, in der das Prager Treffen im Februar 89 angekündigt wurde.

»Ich bin sicher, daß die Zeitungen damals etwas darüber geschrieben haben. Das Problem ist nur, daß ich nicht weiß, welche Zeitungen, die gesamte Presse ist ja umgetauft worden, und selbst wenn ich eine Spur hätte, könnte ich außer ›Deutsche Bank‹ und ›MacDonald's‹ kein einziges Wort Tschechisch lesen.«

»Was das erste Wort betrifft, stimme ich mit dir überein, beim zweiten habe ich immer gedacht, das ist Französisch... Man könnte bei der *Metamorphose* anfangen, die haben die Räumlichkeiten des Schriftstellerverbandes übernommen, und wie ich die kenne, haben sie das Archiv aufgehoben.«

Sie huldigten gemeinsam dem Kult des Jakob von der Fontäne und als sie sich nach dem Gebet die Hände unter dem Heißluftgerät trockneten, konnten sie zwei zusammengehörende Botschaften entziffern, die angelsächsische Touristen hinterlassen hatten:

TO BE OR NOT TO BE
(*W. Shakespeare*)
DOUBI DOUBI DOU
(*Frank Sinatra*)

Das Haus, das die *Metamorphose* beherbergte, war nur wenige Straßen von dem Bierlokal entfernt, wenn man Richtung Altstädter Ring ging. Vor der abbröckelnden gelben Fassade überprüften zwei Polizisten die Papiere eines Punks, während einer ihrer Kollegen mißtrauische Blicke auf den Gitarrenkasten warf, den der Typ zwischen den Beinen hielt. Osvald führte einige Telephongespräche mit Freunden in den oberen Etagen. Er bekam schließlich heraus, daß alles, was mit der früheren Verwendung der Räumlichkeiten zusammenhing, im Dachgeschoß gesammelt war. Ein Rentner wachte über Hunderte von Kartons mit Dokumenten, die in der Mitte des riesigen Raumes standen. Aktenstapel waren an der Wand aufgeschichtet. Er befragte peinlich genau das Inventurbuch, indem er den handschriftlichen Aufzeichnungen mit dem Finger folgte. Nach seinen Unterlagen befand sich die komplette Sammlung der *Neuen Literatur*, der Zeitschrift des früheren Schriftstellerverbandes, in den Kisten mit der Bezeichnung HGK-N.L. Sie räumten die mit handschriftlichen Notizen, Berichten und Rundschreiben gefüllten Kartons beiseite, denn wie immer lag der Karton, der sie interessierte, ganz unten im höchsten Stapel. Sie zogen ihn heraus und Osvald legte seinen Inhalt sorgsam auf einen klapperigen Tisch. Die Nummer vom Januar 1989 enthielt nur die Ankündigung des Treffens, die schon in der *Klepsydra* erschienen war. Novacek blätterte fieberhaft die folgende Nummer durch, ohne etwas zu finden. Die März-Ausgabe war aufschlußreicher. Auf dem farbigen Umschlag war ein Bild von Paul Delvaux abgedruckt: *Die Begegnung von Ephesos*. Die beiden mittleren Seiten waren ausschließlich dem Treffen der phantastischen Schriftsteller gewidmet. Ein ausführlicher, durch Zwischenüberschriften aufgelockerter Artikel umrahmte ein Gruppenphoto vor einer Statue, die einen Stier darstellte, der von Hunden angegriffen wurde. Dahinter konnte man die Fassade eines Barockschlosses erkennen. Novacek deutete auf ein Gesicht.

»Sieh mal, das ist Doline, der Typ, der sich auf den Sockel stützt. Und dort hinter ihm, der Typ, der etwas abseits steht, ich meine, den habe ich schon mal irgendwo gesehen. Ich weiß noch nicht, was ich suche, aber ich glaube, er muß es wissen. Was steht in dem Artikel?«

»Der Titel lautet ›An den Grenzen der Vernunft‹, das ist sehr ungewöhnlich bei dieser ferngesteuerten Presse, normalerweise sprachen sie immer vom Sieg der Vernunft! Der erste Untertitel heißt doch tatsächlich: ›Die gesellschaftliche Rolle der Phantastischen Literatur‹. Soll ich übersetzen?«

»Wenn du nicht warten willst, bis ich Tschechisch lesen kann!«

»Okay. Ich fange an. Zuerst werden alle Teilnehmer aufgezählt, ihr Herkunftsland, der Titel eines Werkes und manchmal Literaturpreise und Auszeichnungen. Dann geht es los... *Das Wesen der*

Phantastischen Literatur ist eine Summe von logischen Mysterien, die durch die Intervention von scheinbar übernatürlichen Ereignissen eine Metamorphose zu einem metaphysischen Rätsel erfahren... Diese Ereignisse werden durch äußere (Phantome, Vampire, Monster) oder innere (Doppelgänger, Phantasma, Unbewußtes) Vermittler bewirkt... Auch wenn es literarische Vorläufer gibt, wie Schloß Otranto *von Walpole aus dem Jahre 1764, taucht sie als eigene Gattung erst zu Beginn des 19. Jahrhunderts auf...«*

»In drei Seiten von Edgar Poe bis Stephen King. Ich habe den Eindruck, daß der Journalist sein Wissen aus einem Lexikon bezogen hat! Mach dir keine Mühe damit, geh gleich zum Wesentlichen, zu den harten facts, wie man heute in den Redaktionen sagt. Aber vorher noch eine Frage. Ist auch von Kafka die Rede?«

»Natürlich nicht!«

Um sich zu vergewissern, überflog Osvald schnell die Spalten.

»Wie du weißt, konnten sie ihn nicht leiden: bis November 89 war sein Haus im Goldenen Gäßchen ein Postkartenladen, obwohl er genaugenommen der Erfinder ihres Regimes war. Danach wird es konkreter: *Zu Beginn ihres einwöchigen Aufenthalts in der Tschechoslowakei vom 13. bis 21. Februar wurden unsere Schriftstellerfreunde im Prager Rathaus empfangen. Sie haben zahlreiche Beziehungen zu den Arbeitern und Intellektuellen unserer sozialistischen Republik geknüpft und konnten sich somit ausgiebig von den Anstrengungen überzeugen, die in unserem Land zur Förderung der Erziehung, des Wissens und der Kreativität gemacht werden. Die letzten drei Tage waren der Arbeit ihres Verbandes gewidmet. Der Schriftstellerverband hatte ihnen dafür Schloß Dobříš zur Verfügung gestellt, das an der Straße nach Südböhmen in einer einladenden Ebene liegt, die von den Wassern der Moldau und der Berounka begrenzt wird. In diesem Rahmen, inmitten der Statuen von Ignatius Francis Platzer, in den Gärten, in denen Paul Eluard, Jorge Amado, Pablo Neruda, William Saroyan und Ilja Ehrenburg gewandelt sind, haben unsere Freunde beschlossen, ihre Anstrengungen zugunsten der Phantastischen Literatur zu intensivieren und ihre Zusammenarbeit zu verstärken...«*

»Haben die direkt so geschrieben oder hatten sie einen Übersetzer in Holzhammersprache?«

»Das kam auf den einzelnen an. Ich habe welche gekannt, bei denen das ganz automatisch lief. Sie pinselten ihre Texte beim Essen oder beim Fernsehgucken herunter, als ob ihre Hand jemand anderem gehören würde. Das ist zwar schwer zu verstehen, aber mit ein bißchen Übung hat man das bald drauf. Es gibt nichts Schlimmeres, als in den Worten seines Herrn zu denken. Soll ich weitermachen?«

»Wenn der Wein eingeschenkt ist, muß man ihn auch austrinken!«

»Ich nähere mich dem Ende. *Die Abschlußsitzung wurde vom Staatssekretär für Kultur, Antonin Brozovsky geleitet, bei dem sich alle Teilnehmer im Namen der Schriftsteller ihres Landes bedankten.* Danach zogen alle von dannen.«

Novacek beugte sich über Osvalds Schulter.

»Kennst du den Journalisten, der den Artikel geschrieben hat?«

»G. Novikowa? Unbekannt im Regiment! Aber es würde mich wundern, wenn die Leute von der *Metamorphose* nichts über ihn in ihrer Kartei hätten!«

Ein Lascaux aus Papier

Sie stiegen mit der Ausgabe der *Neuen Literatur* vom Dachgeschoß in den Keller. Einige Arbeiter hatten gerade eine alte Rotationsmaschine sowjetischer Bauart abgebaut, während andere verschiebbare Trennwände errichteten und den frei gewordenen Raum in Büros nach amerikanischem Vorbild umbauten.

»In diesem Gebäude ist nur noch die Redaktion. Sie lassen bei derselben Druckerei drucken wie wir, und das gesamte Material der Zeitschrift wird den Maschinen durch Computer übermittelt. Das spurlose Denken!«

Die materiellen Überbleibsel der *Neuen Literatur* waren in einem Metallschrank gelagert, den ihnen eine Sekretärin aufschloß, nachdem sie vom Chefredakteur dazu ermächtigt worden war. Nach einem kurzen Gespräch zwischen ihr und Osvald Ostatek blätterte die junge Frau einige Akten durch und gab ihm dann ein Formular, an dessen Ecke mit einer rostigen Büroklammer ein Photo befestigt war.

»Was ist das?«

»Der Antrag für den Presseausweis von Galina Novikowa, geboren am 23. Juni 1965 in Pilsen. Sieht ganz hübsch aus!«

Novacek sah sich das Bild an. Sein Blick glitt über den blonden Pony, die klaren großen Augen, die vollkommen symmetrische Nase und blieb bei dem leicht geöffneten Mund hängen.

»Hübsch? Sie steht Kim Basinger in nichts nach!«

Die Sekretärin beugte sich vor und sagte einige Worte zu Osvald.

»Ich kann dich mit ihr allein lassen, falls ich störe...«

»Marketa spricht zwar kein Französisch, aber versteht ein bißchen. Sie ist mit dir einer Meinung, von außen ist sie wie Kim Basinger, aber von innen eher wie Josef Urvalek.«

»Unbekannt im Regiment! Wer ist das?«

»Der Staatsanwalt, der 1952 die Führer des Landes an den Galgen gebracht hat.«

»Reizend! Weiß sie, was aus ihr geworden ist und wo ich sie finden kann?«

»Da fragst du sie zuviel, François. Laß mich das mal machen: wenn die schöne Galina noch in Prag ist, muß sie bei ihrem Aussehen eine breite Spur hinterlassen haben.«

Der Mann auf dem Photo war nicht in der Kartei der Korrespondenten der Zeitschrift des Schriftstellerverbandes. Marketa verzog das Gesicht und meinte, er sei wahrscheinlich ein *Sicherheitsbeauftragter beim Empfang ausländischer Delegationen*, was Osvald schlichtweg als »Bulle« übersetzte. Sie schlenderten im Keller umher, während die junge Frau fortging, um Photokopien zu machen. Osvald stand voller Bewunderung vor den alten Abzugpressen, den Stehsatzplatten, den Linotype-Maschinen mit ihren Hebelarmen, die über dem Gießkessel hingen, den zusammengeschnürten Druckformen und den Werkzeugen der Metteure. Novacek ging an der Garderobe entlang. Helle Flecken auf der Wand zeigten an, wo früher die Spinde gestanden hatten. Einige Pin-up-Girls aus Hochglanzmagazinen und Kalendern, die wie Schmetterlinge an die Wand geheftet waren, stellten ihre Brüste und Schamhaare zur Schau. Osvalds Hand fiel auf seine Schulter.

»Noch immer Junggeselle, Novacek?«

Er drehte sich lächelnd um.

»Und du, hast du immer noch so schmutzige Gedanken? Ich bin mit einer Ärztin verheiratet. Sie hat gleich die richtige Diagnose gestellt. Und du, im Ernst?«

»Frei wie der Wind. Als die Tschechoslowakei ihren Geist aufgegeben hat, wollte meine Frau wieder in Bratislava leben. Da war nichts zu machen. Sie wollte zu ihren Wurzeln zurück. Ich hätte zwar mitgehen können, aber das einzige, was ich als Journalist in der Slowakei hätte bekommen können, wäre ein Posten als Straßenfegerlehrling gewesen. Und das auch nur mit Beziehungen!«

Ein auf dem Kopf stehender Herd versperrte den Eingang zu einem kleinen Zimmer neben dem Umkleidebereich, das als Küche gedient haben mochte. Novacek wollte sich gerade umdrehen, als einige Poster an den Wänden seine Aufmerksamkeit erregten. Er stieg über den Alukasten und die Gasflasche, um sich die farbigen Plakate anzusehen, auf denen tschechische Fußballmeister-Mannschaften abgebildet waren. Alle mit Siegermiene, was sich einfach dadurch erklären ließ, daß die Aufnahmen immer *vor* den Spielen gemacht worden waren. Mit den Fingernägeln griff er nach den Heftzwecken und zog sie langsam heraus. Hinter den herausgeputzten Teams kamen andere Fußballergenerationen in Schwarzweiß zum Vorschein. Jetzt nahm er den Zündschlüssel des Volvo zur Hilfe. Irritiert beobachtete Osvald sein Treiben. Der Boden war mit Papier übersät.

»Was suchst du? Alte Felsenmalerei?«

Novacek starrte wie gebannt auf die vergilbte Doppelseite eines alten Sportmagazins. Elf Typen in kurzen Hosen und hellem

Trikot, neben einem dunkel Gekleideten, waren in zwei Reihen aufgestellt, die vordere auf den Knien, die hintere aufrecht, und blickten mit zusammengekniffenen Augen ins Objektiv, um das Blitzlicht abzuwehren.

»Kannst du mir sagen, welche Mannschaft das ist?«

Osvald wühlte mit den Füßen in den zu Boden gefallenen Zeitungsblättern.

»Roter Stern Prag. Damals waren alle Farben rot. Nach dem, was darunter steht, haben sie 1953 den tschechischen Pokal gewonnen, mit Kryl im Tor, Bunzl als Mittelstürmer, Ladislas Mirotek auf dem rechten Flügel und Glosov auf dem linken. Soll ich dir alle vorlesen?«

»Nein, das lohnt nicht. Das genügt mir. Und was ist das, Roter Stern Prag?«

»Das war der Verein der Geheimpolizei.«

»Bist du sicher, was du da sagst?«

»Ja, das ist allgemein bekannt.«

»Das waren alles Bullen?«

»Das habe ich nicht gesagt, François. Das ist etwa so, wie bei Marseille oder Paris-Saint-Germain, der Verein gehört zur Stadt, und die Spieler kommen von fast überall her: Brasilien, Kroatien, Schweden, England... Wenn sie nur aus Paris oder Marseille wären, würden sie in der Bezirksliga spielen. Roter Stern war ein Prestigeclub, und wenn die Vereinschefs irgendwo einen Crack entdeckten, brauchten sie nur mit den Fingern zu schnipsen, um seinen Transfer in die Wege zu leiten.«

Novacek nahm die Doppelseite vorsichtig ab, faltete sie zusammen und steckte sie in die Tasche. Er riß alle anderen Vierfarbdrucke von den Wänden, ohne allerdings noch etwas zu finden, was ihn interessierte. Als er sich umdrehte, zeichnete sich die Silhouette der Sekretärin im Türrahmen ab. Die junge Frau gab ihm die Kopien und warf ihm einen Blick zu, in dem Mitleid und Überraschung sich die Waage hielten.

Hinter den Schaufenstern am Mananske-Platz tranken die Jungverheirateten von Love 98 F.M. Kaffee und die Zuschauer schützten sich mit Schirmen, von denen der geschmolzene Schnee herabtropfte. Ein Raunen ging durch die Menge, als sie sich auf Wunsch von dänischen Touristen küßten, die ihrer Photoserie von Denkmälern noch etwas Pikantes hinzufügen wollten. Osvald mußte zu einem Treffen in der Nähe des Hauptbahnhofs. Er umarmte Novacek und versprach, ihn anzurufen, sobald er etwas über Galina herausbekommen hatte.

Als er wieder in seinem Zimmer im *Europa* war, heftete der Detektiv vom Jean-Jaurès-Platz das Zeitungsblatt, das er in der Kantine der *Neuen Literatur* erbeutet hatte, an die Wand und verglich es mit dem Photo, auf dem sein Vater inmitten einer tschechischen Mannschaft am Rasenrand des Dserschinskij-Stadions stand. Im Gegensatz zu den anderen Spielern war er in der Zeitung nicht abgebildet, aber die Trikots waren dieselben...

Die Kleingärten

Novacek hatte die Vorhänge zugezogen und sich mit geschlossenen Augen auf dem Bett ausgestreckt. Die lange blaue Schlange der Wohnhäuser von Courtillières glitt über einen grünen Ozean, aus dem nur der Pfeil der Gebäude der Zeitschrift *Illustration* herausragte. In der Grundschule hatte der Lehrer ihnen einmal erklärt, warum die Häuser in einer Schlangenlinie angeordnet waren: der Kran der Baustelle bewegte sich auf geraden Eisenbahnschienen und alle dreißig Meter legte der Schwenkarm Baustoffe ab, wobei er einen Halbkreis am Himmel zog. Einmal nach links, einmal nach rechts, und die Mietskasernen schlängelten sich vorwärts wie ein Indianer.

Der wichtigste Tag der Woche war der Samstag. Er kletterte auf den Rand der Sitzbadewanne und stellte sich auf die Zehenspitzen, um das winzige Badezimmerfenster zu erreichen, das einen Ausblick auf die steinerne Brücke erlaubte. Er konnte ihre

Silhouette auf den ersten Blick unter Hunderten ausmachen. In seiner Erinnerung war sie riesengroß. Ihr Schatten verlängerte die hohen Mauern des Pariser Friedhofes, fiel dann auf den Kindergarten und wanderte schließlich über die großen nebeneinander stehenden Zementsäulen, dank derer die Straße seiner Kindheit mit keiner anderen verglichen werden konnte. Das war das Signal. Er mußte drei Stockwerke hinunterspringen, die Hand zur Sicherheit auf dem schwarzen Handlauf, die Augen auf seine Schuhspitzen gerichtet, um nicht zu stürzen. Wenn seine Mutter ihn nicht aufhielt und irgendein Detail seiner Ausrüstung überprüfte, einen lockeren Schnürsenkel, ein vergessenes Taschentuch, tauchte er genau in dem Moment im Erdgeschoß des Treppenhauses auf, in dem sein Vater ankam. Zwei Hände packten ihn unter seinem Dufflecoat an der Taille und hoben ihn so lange hoch, wie sein Vater brauchte, um sich einmal um sich selbst zu drehen. Wenn er, leicht schwindelig, wieder auf dem Boden stand, hob er seine Hand, die in der des Riesen verschwand. Sie marschierten durch die Innenstadt und gingen quer über die Grünflächen. Dann kamen sie am Fort von Aubervilliers vorbei, in dem noch einige Soldaten hausten, und wo, wie man sich erzählte, verrückte Wissenschaftler bakteriologische Erzeugnisse an Hunden und Katzen ausprobierten, was dem Gerücht zufolge das Verschwinden so vieler Haustiere in der Umgebung erklärte. Das Stadion des Pariser Polizeisportvereins erhob sich zweihundert Meter weiter vorn. Die grauen Zementplatten waren mit allen möglichen Aufrufen und Parolen bedeckt. »Weg mit de Gaulle«, »Frieden für Vietnam«, »Wählt Lolive«, »Lest die Rote Fahne«, »Die Liga löst sich auf, der Kampf geht weiter«... Eine dieser Inschriften jagte ihm Schauer über den Rücken: »Erschießt Salan!« Er hatte lange geglaubt, die Hinrichtung habe öffentlich stattgefunden, und zwar genau an dieser Stelle, und seine Hand verkrampfte sich in der des Riesen. Novacek fragte sich zum ersten Mal, ob sein Interesse für die obskuren Klodichter nicht von dieser langen Mauer herrührte, an der er in seinen ersten zehn Lebensjahren immer wieder entlang gegangen war. Unten an den

Tribünen trafen sie Robert Delsarte, den alle Welt Bob nannte und der sich damals noch nicht als Antiquitätenhändler betätigte. Nach seiner Arbeit im Polizeirevier trainierte er die Jugendmannschaft des Pariser Polizeisportvereins, zum größten Teil Sprößlinge der Bullen, die sich darüber freuten, wie Papa die roten und blauen Farben der Pflicht tragen zu dürfen. Er fühlte sich wohl unter den Halbstarken aus La Courneuve, d'Auber oder Pantin, für die Fußball nicht nur ein Vergnügen war, sondern auch ein Weg, der Fabrik zu entkommen. Bob sprach von Raymond Kopaszweski und Just Fontaine, als habe er selbst ihnen die entscheidenden Bälle in den legendären Europacup-Spielen der Mannschaft von Reims zugespielt. Mittags gingen Bob und sein Vater über die Straße und tranken in der *Imprévu*-Bar ein Bier. Er selbst hatte das Anrecht auf eine Limonade und ein Ein-Franc-Stück, das er in den Münzschlitz des Skopitons steckte. Bob hatte ein Faible für das Gegirre von Nana Mouskouri, und er mußte sich beeilen, um auf den Wahltasten die verfilmten Songs der Black Socks, der Wild Cats oder von Vigon and the Silver Stars zu drücken. Bei schönem Wetter gingen sie danach alle drei bis zur Kreuzung Huit-Cents und stürzten sich in das Labyrinth der Kleingärten. Sie trafen sich mit einer Gruppe von Spaniern, die sich um nebeneinander gestellte Grills scharten, deren Roste von irgendwelchen Baustellen stammten und von vier Backsteinsäulen im Gleichgewicht gehalten wurden. Der Duft von Bratwürsten, Merguez und Sardinen zog über die Rharbarberstauden. Er sah vor seinem geistigen Auge, wie er Karotten herausriß und zum Nachtisch knabberte, nachdem er sie in der Regenwassertonne gewaschen hatte. Man trank Kefir und Grünes Valstar-Bier. Das Geld dafür legte man in eine Kasse, die sich in einem Loch befand, das man in den schwarzen Boden der Vorstädte gegraben hatte. Wenn die Sonne sich anschickte, hinter dem Fort zu verschwinden, gingen alle fröhlich auseinander. Durch die Hecken marschierten sie bis zur grauen Betonstraße. Manchmal stimmte sein Vater ein Lied an, in dem einige Worte aus seinem früheren Leben vorkamen. Mehr hatte er niemals von seiner Vergangenheit erfahren. Danach war das Leben düster geworden. Zwischen dieser glücklichen Zeit und den Besuchen im Krankenhaus lagen Welten. Die Krankheit hatte ihm seine Samstage gestohlen.

Das Klingeln des Telephons unterbrach den Strom der Erinnerungen. Er schreckte hoch und blieb mehrere Sekunden auf der Bettkante sitzen, bis er den Mut fand, nach dem Hörer zu greifen. Aus dem Plastik erklang die heitere Stimme von Bob.

»Was ist los mit dir, François? Hast du Heimweh?«

»Nein, ich bin eingeschlafen. Hier ist eine Schweinekälte, man verbraucht seine ganze Energie schon beim Atmen. Du scheinst aber gut drauf zu sein!«

»Das hat seinen Grund! Erinnerst du dich an die Truhe, die ich ganz nach hinten neben das Geschirr gestellt hatte?«

»Die Anrichte von Jack the Ripper? Sag bloß nicht, du konntest das Ding jemandem andrehen!«

»Doch! Einem Typen vom Fernsehen. Sie haben etwas in dieser Art gesucht, um das Landhaus von Nestor Burma auszustatten.«

»Hast du das auch richtig verstanden? Nestor Burma hat niemals ein Landhaus gehabt!«

»In deinen Büchern, nein, aber im Fernsehen, ja. Aber abgesehen davon, ich habe in meinen alten Unterlagen geblättert und den Namen von jemandem gefunden, von dem dein Vater mal erzählt hat. Ein Tscheche. Ich glaube, das war die einzige Person, der er da unten noch traute. Jedenfalls hat er nur Gutes über ihn gesagt.«

Novaceks Herzschläge beschleunigten sich. Er stand auf und ging ein paar Schritte durch das Zimmer, die Telephonschnur hinter sich herziehend. Er sagte kein Wort.

»Ich weiß nicht, ob er noch lebt, aber vielleicht lohnt es sich, das herauszukriegen. Er hieß Mirotek. Ich habe nur den ersten Buchstaben seines Vornamens, ein L wie Luise.«

Novacek blieb vor der Doppelseite stehen, die er an der Wand in der Druckerei der *Neuen Literatur* gefunden hatte.

»Nein, L wie Ladislas, Ladislas Mirotek.«

Bobs Überraschung war nicht vorgetäuscht.

»Du kennst ihn?«

»Er war 1953 rechter Stürmer in der Mannschaft von Roter Stern Prag. Und weißt du, was Roter Stern damals war?«

»Nein, woher soll ich das wissen?«

»Ich habe immer gedacht, Fußball und du wären ein und dasselbe, Roter Stern war der Verein der Geheimpolizei. Es ist allerdings seltsam, daß ausgerechnet du mir davon erzählst, oder?«

»Ich weiß nicht, worauf du hinaus willst, François. Ich wühle zwar gern in den Papieren von anderen, aber nicht in meinen eigenen. Ich habe das nur gemacht, um dir zu helfen!«

Novacek entspannte sich. Sie hatten aufgelegt, ohne sich zu verabschieden, aus Scham. Novacek ging unter die Dusche. Alles Wasser dieser Welt lief über seine Schultern und schwemmte die schwersten Lasten weg. Er hatte nicht den Mut, allein zu bleiben. Er versuchte, sich in der Menge zu verlieren und landete schließlich am Ende einer Passage vor blauem Neonlicht. Auf der Schwelle eines Massagesalons warf ihm ein Mädchen mechanisch ein gelangweiltes Lächeln zu. Wie um sich zu entschuldigen, legte er die Hand auf ihre nackte Schulter und wandte sich ab. Drei grau gekleidete Vietnamesen mit verschlossenen Gesichtern, die mit Bindfaden verschnürte Pakete unter dem Arm trugen, eilten zur U-Bahn, um in eine Vorstadt am Ende der Welt zu fahren. Nach dem Krieg gegen die Vereinigten Staaten waren sie zu Zehntausenden gekommen, um mit ihrem Schweiß für die Bruderhilfe zu zahlen, die die sozialistische Tschechoslowakei ihrem Volk geleistet hatte. Damals fühlten sie sich wie Helden, und sie senkten nur die Augen, als sie entdeckten, daß nicht alle Kriege offiziell geführt werden und daß man für sie in den Fabriken getrennte Duschen und Umkleideräume eingerichtet hatte. Die einheimischen Arbeiter fürchteten sich vor Mikroben und exotischen Viren.

Als er wieder im Hotel war, rief er Nadège an. Sie sprachen lange miteinander, ohne groß über das zu reden, was das Wichtigste in ihrem Leben war: daß sie sich begegnet waren.

Der Trampelpfad

Der Wenzelsplatz war in fahles Sonnenlicht getaucht, als Novacek die Tür des *Europa* aufstieß und zu einem Café in der Altstadt ging, das Osvald ihm am Morgen als Treffpunkt genannt hatte. Das Licht kam direkt von oben, so daß es keine Schatten gab. Wegen der gleißenden Helligkeit war es unmöglich, zu den schneebedeckten Dächern aufzublicken. Er bahnte sich seinen Weg durch Touristenhorden, die in Fünfzigergruppen mit dem Führer in der Hand ausschwärmten und schöne Schußwinkel für ihre Kameras suchten. Dialand, Camcordcity, Kodakheim, Nikonville, Leicagrad... Prag war nicht mehr in Prag, sondern im Objektiv. Sein Freund hatte ein Bier vor sich stehen und überflog den Artikel in der aktuellen Ausgabe der *Direkt*, den er über die Flitterwochen geschrieben hatte, die als Radio-Peep-Show auf dem Mananske-Platz weiterhin ihren Lauf nahmen. Im Vorübergehen bestellte er einen Kaffee und setzte sich auf eine Kunstlederbank. Sie mußten mit ihrer Unterhaltung warten, bis das Dröhnen der Espressomaschine aufhörte. In einem schrägen Spiegel hinter Osvald sah man das Treiben auf der Straße. Das erinnerte ihn an Guy Bedos, der ihm einmal erzählt hatte, er habe sich, als er in ein Restaurant ging, in dem Alain Delon an einem Tisch saß, so hingesetzt, daß er nicht in der Schußlinie war.

»Hast du was Neues?«

»Das Telex der Zeitung spuckt das ganze Jahr Neuigkeiten aus, aber wenn man genau hinsieht, ist alles nur Schrott!«

Novacek packte seinen Zucker aus.

»Was ist los? Bist du auf eine tschechische Version von Marguerite Duras gestoßen oder schmeckt dir das Bier nicht?«

Er hob sein Glas.

»Gegen das Pražanka hier kann man nichts sagen! Es war ziemlich schwierig, die Spur von Galina Novikowa zu finden. Nach dem Sturz ihrer Kumpel im November 89 hat sie vollständig mit dem Journalismus und dem Verlagsgeschäft gebrochen. Sie hat sogar geheiratet, um ihren Namen zu ändern. Heute heißt sie Galina Smenatova. Sie wohnt in Háje, am Stadtrand. Früher hieß das Stadt der Kosmonauten. Sie arbeitet für einen Verein zur Wiedereingliederung von Drogenabhängigen. Eine private Stiftung, Narkostop.«

»Ist das jetzt hier ein großes Problem mit den Drogen?«

»Es hat nicht lange gedauert, die europäische Norm zu erreichen! Es gibt eben Bereiche, wo man nur auf die menschliche Natur zu vertrauen braucht. Hast du was zum Aufschreiben?«

Novacek drehte einen Bierdeckel um.

»Ich höre.«

»Sie wohnt in Háje in Turm Nr. 12, vierzehnte Etage. Kannst du nicht verfehlen, liegt direkt neben der Endstation der U-Bahn, Turm 12 und 13 sind durch eine Glaspassage verbunden. Das Empfangsbüro der Stiftung liegt in derselben Ecke, am Rand des Neubaugebietes Milicov, Exnarova-Straße.«

»Ich glaube, ich werde mal einen Ausflug dahin machen.«

Osvald legte den Kopf zurück und trank die letzten Tropfen Bier aus. Der Vater von Alain Cordier hatte einen speziellen Ausdruck dafür: »den Kleinen trockenlegen« und ihn dann »wieder auffüllen«, wenn man noch Durst hatte.

»Ich würde gern mitkommen, aber ich habe heute Abend einen Haufen Leute eingeladen, ich muß Einkaufen gehen und einige Vorbereitungen treffen, wenn ich meinen Ruf wahren will. Komm doch um zehn vorbei, es gibt jede Menge hübsche Mädchen!«

»Ich verspreche dir, vorbeizukommen und mich um sie zu kümmern, wenn ich nach meinem Treffen mit Galina noch genug Kraft habe. Noch etwas: du erinnerst dich an das Photo mit der Mannschaft von Roter Stern, gestern?«

Osvald nickte nur.

»Einer der Typen interessiert mich ganz besonders, der rechte Stürmer, Ladislas Mirotek. Kannst du mal in deinen Unterlagen nachsehen?«

»Ich will dich nicht enttäuschen, aber Sport ist nicht mein Bereich; ich weiß schon vorher, was dabei rauskommt.«

Novacek ging zu seinem Volvo, der am äußersten Ende des Wenzelsplatzes stand. Über den Verteiler, der hinter dem Museum verborgen war, fuhr er auf die Stadtautobahn. Die vier Betonspuren der Wilsonova waren mitten durch alte Wohnviertel gegossen worden und stammten aus der Zeit, als man in Paris den Saint-Martin-Kanal zuschütten und eine Schnellstraße darüber legen wollte. Die Enttäuschung der französischen Ingenieure wurde durch den schlagenden Erfolg ihrer Prager Kollegen vollauf ausgeglichen. Er fuhr durch endlose graue Vorstädte, aufgelockert nur durch winzige Grünflächen, Parks, Erinnerungen an freies Land und Wälder. Die Endstation der U-Bahn am Kosmonautu-Platz kennzeichnete die vorläufige Grenze der städtebaulichen Offensive. In Richtung Křeslice und Petrovice war jungfräuliches Land von endlosen Zäunen umgeben. Die Zwillingstürme waren schon von weitem zu erkennen. Er hielt auf einem windigen Parkplatz am Fuße eines internationalen Hotels, das dort aufgrund irgendeiner Tourismusstrategie gelandet war. Neben dem Eingang von Turm Nr. 12 war eine riesige Gegensprechanlage mit über hundert Tasten, ein Relikt aus der Zeit des Ordnungswahns. Die Kabel lagen blank und die Klingelknöpfe waren feuergeschwärzt. Die Wut der Verratenen und Verkauften hatte einige Briefkästen ausgelassen, darunter auch den von Galina Novikowa-Smenatova. Er stieg zusammen mit einer alten Frau in den Fahrstuhl, die mit Einkaufskörben beladen war, aus denen der Geruch von selbstangebautem frischem Gemüse aufstieg. Die Ex-Journalistin der *Neuen Literatur* war nicht da. Ein zwölfjähriges Mädchen erklärte ihm mehr schlecht als recht, daß seine Mutter zur Arbeit gegangen war.

Die Exnarova-Straße lag auf der anderen Seite der U-Bahn-Station, hinter einem langen schiffsförmigen Gebäude, mehr Container-Schiff als Kreuzfahrtdampfer. Im Erdgeschoß befanden sich viele kleine Geschäfte. Lebensmittelläden, Friseure, Reparaturwerkstätten für Haushaltsgeräte und Schuster hatten ihre schäbigen Reklameschilder nebeneinander aufgereiht. Kinder bauten einen Schneemann aus dem Schnee, der rund um einen leeren Sockel in der Mitte einer ramponierten Rasenfläche lag. Novacek nahm den »Trampelpfad«, einen jener ausgelatschten Wege, die in allen Städten der Welt die autoritären Planungen der Architekten zunichte machen. Sein grauer Schatten wanderte über die Bauzäune, die die dem Beton geweihten Gelände umschlossen. Die Buchstaben Narkostop inmitten eines mit einer Schablone gemalten Pfeils wiesen ihm den Weg zum Entzugszentrum. Er näherte sich dem Haus, einem Pavillon mit zwei Etagen auf einem Hügel, der die ersten Felder am Stadtrand und das Wasserreservoir von Vrah überragte. Ein Mädchen mit verfilztem Haar lehnte an der Freitreppe und rauchte eine Zigarette. Auf ihren Jeans war mit Filzstift die gesamte Heavy-Metal-Szene verewigt. Ein Teil von A.C.D.C. verschwand in den Rissen an den Knien. Sie musterte ihn von oben bis unten und ihr Gesicht verzog sich zu einem verächtlichen Grinsen. Vier junge Typen in der gleichen Aufmachung folterten in der Halle ein Tischfußballgerät. Die Farbe der Wände verschwand unter wildwuchernden Sprüchen gegen Drogen und Aids, harte und weiche Drogen waren unter dem Sammelnamen »speed« zusammengefaßt. Novacek stieß die Glastür zum Verwaltungsbüro auf. Ein etwa dreißigjähriger Mann flüsterte etwas ins Telephon, während er eine vor ihm stehende Schachtel nach Büroklammern durchstöberte, um damit naive Blumenmuster auf die Mahagoniplatte zu legen. Er brauchte einige Zeit, bis er einen großen Strauß vollendet hatte, den Hörer auflegte und sich für seinen Besucher interessierte. Mit einem Zipfel seines weißen Hemdes putzte er seine Brille und sah Novacek schweigend aus kurzsichtigen Augen an.

»Guten Tag. Warum sind Sie hier?«

»Ich heiße Louis Andrieux. Ich bin Journalist und arbeite für das französische *Ärzteblatt*. Wir arbeiten gerade an einer Reportage über die europäische Politik zur Bekämpfung der Drogensucht, und ich soll mich vor allem um den Teil kümmern, der sich auf die Tschechische Republik und Polen bezieht.«

Der Mann fegte mit dem Handrücken das Gebinde zusammen, mit dem er sich so lange abgemüht hatte, sammelte die Büroklammern ein und ließ sie wie Metallsand aus seiner Hand in die Schachtel gleiten.

»Die Probleme sind sehr verschieden. Die Polen machen ihre Drogen selbst, wie schwarzgebrannten Wodka, während wir hier mit einem Handel konfrontiert sind, der mit dem der entwickelten Länder verglichen werden kann. Sowohl, was die Quantität wie auch die Qualität der Produkte betrifft. Das ist ein grundlegender Unterschied.«

Novacek nickte und zog sein Notizbuch hervor.

»Das habe ich mir schon gedacht und es freut mich, es aus ihrem Munde zu hören. Man hat mich gebeten, Frau Galina Smenatova zu interviewen. Glauben Sie, daß das jetzt gleich möglich ist?«

Der Arzt erhob sich und ging um seinen Schreibtisch herum. Novacek konnte den Namen auf dem Streifen über der Hemdtasche lesen, »Doktor Pacateli«.

»Sie hätten es nicht besser treffen können, sie ist gerade gekommen.«

Die halluzinogenen Fresken

Sie gingen eine schmale Treppe hinauf, die zu den oberen Stockwerken führte. Ein buntes Fresko bedeckte die gewölbte Wand und griff stellenweise auch auf die Decke über. Eine Art undurchdringlicher düsterer Dschungel, in dem hier und da Blumen aufleuchteten, in deren Blüten die Gesichter berühmter Persönlichkeiten zu erkennen waren. Eine kleine Ehrenhalle: Martin Luther King neben Mick Jagger, Dubček warf ein Auge auf Droopy, Einstein streckte Mickey die Zunge heraus, Castro grüßte Pablo Escobar, Kennedy streckte die Arme nach Marilyn Monroe aus, Michael Jackson zeigte, umgeben von sieben Gartenzwergen, mit dem Finger auf Madonna... Novacek verfehlte die letzte Stufe, da seine Aufmerksamkeit von einer fleischfressenden Pflanze abgelenkt wurde, die dabei war, die zweite Hälfte des Lächelns von Václav Havel zu verschlingen. Plötzlich lag er auf allen Vieren, die Hände auf dem Treppenabsatz, die Augen auf zierliche spitze Tanzschuhe gerichtet, deren Ränder leicht in die helle Haut drückten. Sein Blick folgte der graziösen Linie eines Fußes, wanderte bis zum Knie hoch und überquerte den dunklen Saum eines Lederrocks. Über wohlgeformten Rundungen, die einen Angorapullover füllten, sah er flüchtig ein ovales Gesicht. Er rappelte sich auf, rieb sich die Hände und überwand das Hindernis beim zweiten Anlauf. Dr. Pacateli hatte dem Mißgeschick keinerlei Beachtung geschenkt, da er sich nicht den geringsten Wimpernschlag der Frau entgehen ließ, die vor ihnen stand.

»Monsieur Andrieux ist Journalist. Er möchte mit Ihnen über unsere Arbeit hier in Milicov sprechen.«

Novacek atmete langsam durch, um das Erröten seiner Wangen und auf seiner Stirn zu unterdrücken. Galina Smenatova reichte ihm die Hand. Er dachte keinen Augenblick an Kim Basinger, Michele Pfeiffer oder Claudia Schiffer. Er fragte sich nur, ob er in der Lage wäre, etwas anderes als Gänseblümchensträuße aus Büroklammern zu machen, wenn er dazu verdammt wäre, in der Nähe eines solchen Geschöpfes zu verweilen. Sie mußte seine Gedanken erahnt haben, denn sie befeuchtete ihre Lippen in einer Weise, aus der man nur folgern konnte, daß ihre Zunge nicht nur zum Sprechen diente. Nachdem er sie miteinander bekannt gemacht hatte, stieg Pacateli wieder hinunter und musterte dabei die Dschungelstars. Galina Smenatova hatte nicht viel Zeit, ein Termin im Gesundheitsministerium, die Vorbereitung eines Beitrags für ein Kolloquium... Sie schlug vor, ihm die Arbeit des Narkostop-Teams während einer Besichtigung des Zentrums zu erklären. Sie traten in das erste Zimmer ein, das wie alle anderen mit vier Betten ausgestattet war. Die einzige anwesende Bewohnerin, die Valentina hieß, war in ein Kino-Magazin vertieft und nahm ihr Eintreten kaum zur Kenntnis. Novacek stellte sich vor die Wand und entzifferte die sorgfältig nebeneinander geklebten Buchseiten, die den einzigen Schmuck des grauen Raumes bildeten.

»Wir führen ein experimentelles Entzugsprogramm durch, das auf der Unterbringung und permanenten Betreuung der Kranken beruht. Unsere Besonderheit besteht darin, daß wir medizinische Behandlung und psychologische Unterstützung verbinden.«

»Wie kommen sie hierher? Werden sie von den Justizbehörden geschickt?«

Sie zog den Vorhang auf und deutete auf das Mädchen mit den gelben Haaren, das sich auf den Stufen der Vortreppe die Lungen voll Teer pumpte.

»Nein, alles basiert auf Freiwilligkeit. Die da unten lungert schon seit zwei Tagen um das Zentrum herum. Wir könnten sie an der Hand nehmen und in einer Ecke unterbringen. Aber wir halten es für besser zu warten, bis sie sich selbst entschieden hat, die letzten Meter zu überwinden. Die räumliche Nähe entspricht oft nicht dem mentalen Abstand.«

Er trat vom Fenster zurück und deutete auf das an die Wand geklebte Buch.

»Haben Sie diese Dekoration ausgewählt?«

Novacek blickte lieber auf die Schuhspitzen, als sie mit leicht geneigtem Kopf lächelte.

»Nein, das gehört auch zur Methode. Wir bilden Gruppen mit vier Personen, die die Behandlung gemeinsam durchmachen. Wenn die Frauen im Zentrum ankommen, entscheiden sie selbst über ihre Umgebung, ihr Universum. Hier haben sie sich für die Texte der Songs von Jim Morrison entschieden.«

Sie führte ihn in ein anderes Zimmer auf derselben Etage. Die vier Drogis spielten eine Partie Scrabble vor einem Fernseher, aus dem sich eine Flut von Werbeslogans ergoß. Die weißen Wände waren mit roten runden Flecken übersät, die jemand mit einem Pinsel aufgetragen hatte. Eine Art auswuchernder Seeigel. Über einem der Betten hatte ein ungeschickter Maler einen umgekehrt ausgestreckten Körper gemalt. Ein Gesicht mit geschlossenen Augen. Die menschliche Gestalt wurde durch vier Leisten begrenzt, die an die Gipsdecke genagelt waren und auf denen eine Plexiglasscheibe befestigt war. Auch in der Badewanne waren knallrote Farbklekse. Galina kam Novaceks Frage zuvor.

»Niemand wagt, etwas daran zu ändern. Sie ziehen ein und tun so, als ob sie es nicht mehr sehen. Das war einer der ersten Patienten von Narkostop. Ein Maler aus Krizany, er hieß Hladik und hatte Aids. Er hat die Krankheit gemalt und die einzige Zukunft dargestellt, die ihm noch blieb, dann ist er gestorben...«

Novacek drehte sich um. Er wollte das Zimmer so schnell wie möglich verlassen und ging zum Flur.

»Und wenn jemand beschließt, alles wegzumachen?«

»Dann lassen wir ihn natürlich gewähren. Aber ich kann mir keinen vorstellen, der das fertigbrächte. Das müßte ja ein ganz schrecklicher Mensch sein!«

Sie bot ihm einen Kaffee aus dem Automaten im Treppenhaus an und hielt eine mit medizinischen Ausdrücken gespickte Rede. Novacek konnte nur nicken und einige abwehrende »Ja, ja« einstreuen. Sie zeigte ihm das oberste Stockwerk. Der Dachboden war mit Trennwänden in vier Räume aufgeteilt worden. Durch die runden Fenster sah man die für künftige Städte abgesteckten Parzellen und den Park und das Bassin von Milicov. Sie drehte die Lautstärke eines riesigen Ghetto-blaster herunter und wandte sich zu ihm um. Ihre halblangen Haare wiederholten in Zeitlupe die Bewegung ihres Oberkörpers und streiften ihren Hals.

»Mich würde interessieren, Monsieur Andrieux, wie Sie auf die Idee gekommen sind, sich für diese Untersuchung an mich zu wenden?«

Novacek kratzte sich am Hals.

»Das ist ganz einfach. Ich habe einem meiner Freunde geholfen, einen Roman zu schreiben, in dem es um eine Wohngemeinschaft von Drogenabhängigen geht. Eigentlich habe ich den Text nur stilistisch überarbeitet. Als meine Zeitung mich gebeten hat, dieses Problem zu bearbeiten, habe ich wieder Kontakt mit ihm aufgenommen.«

»Ja gut, aber das beantwortet nicht meine Frage. Warum ich?«

Er setzte das dümmlichste Grinsen auf, das er auf Lager hatte.

»Ganz einfach, weil dieser Schriftstellerfreund Sie vor einigen Jahren in Prag getroffen hat.«

Sie runzelte die Augenbrauen, und Novacek spürte, wie sich ihr ganzer Körper spannte.

»Ach ja? Ich erinnere mich nicht. Wer ist es?«

Sie hatte das Radio wieder lauter gedreht. Die schrille Stimme von Nina Hagen ließ die Boxen klirren. Sie traten ins Treppenhaus.

»Frédéric Doline, er schreibt hauptsächlich phantastische Romane oder Science-fiction. Er hat mir nicht viel erzählt, nur daß er Sie recht gut kannte. Um ehrlich zu sein, er war sehr beeindruckt von Ihrem Charme. Und ich kann mir gut vorstellen, daß er geradezu geblendet war, als er hierher kam!«

Das Kompliment ließ ein verhaltenes Lächeln über ihr Gesicht gleiten. Sie versuchte, die geheimen Regeln des Spiels zu durchschauen, das sich anbahnte.

»Sind Sie sicher, daß Sie sich nicht irren?«

»Nein, Mademoiselle Novikowa. So nannten Sie sich doch als ›Journalistin‹?«

»Was wollen Sie von mir?«, stieß sie hervor.

»Von Ihnen? Nichts! Frédéric Doline ist vor einigen Wochen wieder nach Tschechien gefahren. Seit er die Grenze überquert hat, gibt es kein Lebenszeichen mehr von ihm. Er hat sich bei niemandem gemeldet. Das sieht ihm überhaupt nicht ähnlich, um so mehr, als er eine Tochter hat, die etwas jünger als Ihre ist. Ich möchte nur wissen, ob Sie ihn in letzter Zeit wiedergesehen haben oder ob er auf irgendeine Weise Kontakt mit Ihnen aufgenommen hat?«

Sie trat zurück und lehnte sich gegen eine Säule.

»Hören Sie, Monsieur Andrieux, ich weiß genau, was ich vor der samtenen Revolution gemacht habe, ich erinnere mich an alles, was ich getan habe, und an jedes Wort, das ich in der *Neuen Literatur* geschrieben habe. Ich habe es gemacht, wie fast alle normalen Leute in diesem Land, ich bin ganz hart am Wind gesegelt, aber ich würde lügen, wenn ich behauptete, alle Klippen umschifft zu haben. Auch wenn ich Zugeständnisse gemacht habe, ich habe niemals gegen mein Gewissen gehandelt.«

Novacek merkte, daß ihm die Situation entglitt.

»Ich bin nicht hier, um über Sie zu richten, ich möchte nur eine Spur von Doline finden.«

»Ich habe nur ein kurzes Interview mit ihm gemacht, Anfang 1989, bei einem Schriftstellertreffen, das in Schloß Dobříš stattfand. Ich kann mich nicht groß an ihn erinnern, er taugte auch nicht mehr als die anderen. Und ich versichere Ihnen, daß ich seitdem nie wieder etwas von ihm gehört habe.«

»Was heißt das im Klartext, ›er taugte nicht mehr als die anderen‹?«

»Nichts, das ist mir nur so herausgerutscht. Das ist Vergangenheit, tot und begraben! Ich will nichts mehr davon hören, und an Ihrer Stelle würde ich aufgeben. Es kommt nichts dabei heraus, wenn man im Dreck wühlt.«

Sie sah ihn eindringlich an.

»Diese Untersuchung über die Drogenabhängigen war doch nur ein Vorwand, oder? Wer sind Sie wirklich?«

»Ich weiß nicht mehr so genau, früher war ich mal Journalist. So wie Sie...«

Parkplatz der alten Helden

Um nicht durch den Schneematsch zu stapfen, ging Novacek auf die andere Seite des Bauzauns, der ihn vor dem Wind schützte, und marschierte auf dem Asphaltstreifen einer früheren Strasse weiter. Plötzlich sah er die schwere Karosserie eines Moskovitch, der hundert Meter weiter am Straßenrand stand. Es irritierte ihn, daß hinter der Windschutzscheibe niemand zu erkennen war, obwohl blaue Abgase aus dem Auspuff aufstiegen. Unwillkürlich schaute er sich nach dem Fahrer um, doch im Umkreis von mehreren Kilometern war kein Mensch zu sehen. Er ging weiter auf den Horizont zu, an dem sich die Háje-Türme abzeichneten. Als er nur noch fünfzig Meter entfernt war, setzte sich das Auto in Bewegung. Der Typ drückte den ersten Gang rein und schaltete ohne Kupplung in den zweiten. Das Getriebe heulte auf, die Räder drehten durch und schleuderten eimerweise Dreck hoch. Wie gebannt starrte Novacek auf den riesigen verchromten Kühler, der direkt auf ihn zuraste. Erst im letzten Moment warf er sich zur Seite. Er spürte noch den Fahrtwind, als er auf vertrocknete Maisstengel fiel, die mit lautem Knacken umknickten. Die Bremslichter des Moskovitch leuchteten auf.

Während er aufstand, machte der Fahrer eine wütende Kehrtwendung. Eine Art riesiges Parkhaus füllte eine kleine Talmulde, durch die ein reißender Bach zur Botič floß. Der Betonklotz war von einer Bodenwelle verborgen und von der Straße aus nicht zu sehen. Novacek lief in die Richtung, die ihm als einzige Fluchtmöglichkeit erschien, aber nach drei Schritten blieb sein linker Schuh im aufgeweichten Ackerboden stecken. Er drehte sich um und erkannte den Mann mit der Kappe und dem grauen Lodenmantel, der ihn durch ganz Malá Strana verfolgt hatte, als er aus der Buchhandlung in der Kepler-Passage kam. Mit einer Pistole in der Hand stieg der Verfolger aus dem Wagen und stützte sich mit den Ellbogen auf die glänzende Blechhaube. Novacek gelang es, einige Sprünge zu machen, die von ekelhaften Saugtönen begleitet wurden. Er hatte zwar keine Detonation gehört, aber zehn Meter vor ihm explodierte ein Erdklumpen. Die Angst warf ihn zu Boden. Er kroch über die schlammige Oberfläche, die mit harten Stoppeln übersät war, die ihm das Gesicht zerkratzten. Weitere Kugeln schlugen in den Boden ein, aber er war jetzt außer Reichweite des Killers, und die Schüsse wurden immer ungenauer. Am Fuße des Betonklotzes richtete er sich auf. Der Moskovitch fuhr ein Stück weiter, bog dann links ab und holperte einen Feldweg entlang, der nach einigen Windungen zu dem Gebäude führte. Novacek kratzte mit einer flachen Eisenstange den Erdklumpen ab, der hartnäckig an seinem übriggebliebenen Schuh klebte. Er folgte der feuchten grauen Mauer etwa hundert Meter, bis er eine Tür fand, eine Metallplatte, die durch dicke Winkeleisen verstärkt war und an der ein altertümliches Schloß hing. Ein Blick genügte, um zu erkennen, daß es nicht geknackt werden konnte. Entgegen aller Logik versuchte er trotzdem seine Eisenstange zwischen die Wand und die Verstärkungen zu schieben. Das improvisierte Werkzeug verbog sich unter dem Druck wie Blei. Der Wind übertrug das Knirschen von Reifen auf dem Vorplatz. Er rannte in die entgegengesetzte Richtung, um sich in Sicherheit zu bringen, und als er die Augen über die Rückseite des Gebäudes schweifen ließ, entdeckte er ein offenstehendes Fenster, das dreißig Zentimeter über seinen ausgestreckten Armen lag.

Er zerrte einen alten Mülleimer unter die Öffnung und zog sich die Mauer hoch, wobei er unübersehbare Dreckspuren an der Wand hinterließ. Vom Fensterbrett sprang er in die Dunkelheit hinab und landete zwei Meter tiefer auf einem Stapel von Kartons, der zunächst schwankte und dann mit dem Geräusch von zerbrechendem Geschirr zusammenkrachte. Er wartete, bis wieder alles ruhig war und seine Augen sich an das Halbdunkel gewöhnt hatten. Während er das helle Rechteck im Auge behielt, bewegte er sich langsam vorwärts. Auf der anderen Seite der Wand quietschte der Deckel des Mülleimers. Plötzlich stieß er mit der Hüfte gegen einen Gegenstand, der umzufallen drohte. Mit einer Reflexbewegung hielt er ihn fest und spürte unter seinen Händen die Form eines kahlen Schädels. Seine Finger glitten über die Augenbrauen, den Nasenrücken, den Lippenrand, dann zeichnete sich der Umriß eines Kinns ab, an dem ein kleiner Bart wuchs. Die Silhouette des Lodenmannes verdunkelte die helle Öffnung. Er schwang sich auf die Betonkante und kletterte mit beängstigender Geschmeidigkeit die Wand hinunter. Novacek beugte sich zu dem kalten Gegenstand herunter, den er in den Händen hielt, und erkannte eine Leninbüste auf einem Holzsockel. Er hatte sich jetzt an das Halbdunkel gewöhnt und konnte die Schatten, die ihn umgaben, erkennen. Die Halle war mit Dutzenden von Statuen und Porträts von Lenin, Stalin, Breschnew, Gottwald, Novotny und Husák angefüllt. Ein Parkplatz des vergangenen Ruhms. Katzen teilten sich den Seidenglanz eines Haufens von roten Fahnen, der in einer Ecke lag, überholte

Parolen siechten auf Spruchbändern dahin, rote Sterne funkelten in einem Haufen versilberter Hämmer und Sicheln. Ein riesiger Karl Marx, der wie die Reklametafeln über Kinoeingängen aussah, schien über das Scheitern seines Denkens nachzusinnen. Novacek schlängelte sich zwischen Abbildern proletarischer Diktatoren, zeitweiliger Souveräne und der Barden der Bruderhilfe hindurch und vermied es, sie umzustoßen, um nicht die Aufmerksamkeit des Killers zu erregen. Ein feister Todor Schiwkow aus Gips machte sich zum Komplizen des Verfolgers: beim Vorbeigehen des Flüchtigen schwankte er unmerklich und das zu feste Auftreten der flüchtigen Person brachte ihn aus dem Gleichgewicht. Das Abbild des bulgarischen Präsidenten explodierte zu seinen Füßen. Eine kurze blaue Stichflamme erleuchtete den zusammengebrochenen Kartonstapel und gleichzeitig löste sich knapp zwei Meter entfernt der Kopf eines Husák in Luft auf. Als er mit seinem unbeschuhten Fuß in einen Haufen Anstecknadeln trat, die aus einem aufgerissenen Karton herausgefallen waren, konnte er einen Schmerzensschrei nicht unterdrücken. Eine zweite Kugel riß die linke Wange eines antiken Gomulka auf. Der Lodenmann ging nun mitten auf dem Hauptgang, seine Kreppsohlen quietschten auf dem mit Betonfarbe gestrichenen Boden. Novacek bewaffnete sich mit einer angespitzten Fahnenstange. Er riß das rote Gewebe direkt neben dem Schaft ab und hielt sie in der Hand wie ein Seiltänzer. Dann ging er einfach geradeaus und brachte dabei sämtliche Ostgrößen zu Fall. Hinter ihm verkrampfte sich ein Finger sieben Mal um den Abzughebel, aber kein Projektil erreichte das Ziel. Novacek erkannte, daß das Magazin leer war. Er richtete sich auf und rannte gegen eine riesige Bücherwand. Die Bände stürzten zu Hunderten herunter. Eine Lawine von Gesammelten Werken, eine Flut von Abhandlungen, eine Woge von populärwissenschaftlichen Darstellungen. Er bahnte sich einen Weg durch eine umgestürzte Palette von *Historischer und Dialektischer Materialismus*. Dann geriet er in eine kleine Nische, die hinter den Büchern verborgen war und vermutlich dem Wachmann als Büro diente. Eine Tür, die den Zugang von außen erlaubte, war mit einem einfachen Riegel verschlossen. Er stieß sie auf und fand sich auf dem Vorplatz wieder, neben dem Moskovitch.

Novacek versuchte vergeblich, die Autotüren zu öffnen, und nahm sich die Zeit, mit einem Betonbrocken von der Größe einer Melone die Windschutzscheibe einzuschlagen. Er sprang in einen tiefen Graben, der an der Lagerhalle entlanglief, stieß auf eine kleine Mauer, die er hinaufkletterte, wobei der sich die Kleider an den im Beton eingelassenen Flaschenscherben zerriß, und ließ sich auf der anderen Seite hinunterfallen. Er riskierte einen Blick. Der Killer kam gerade aus der Metalltür heraus und kalkulierte die Fluchtchancen seines Wildes. Er stieß einen Fluch aus, als er die zersprungene Scheibe und den Stein inmitten des Spinnennetzes aus Sicherheitsglas sah. Das Geräusch eines näherkommenden Motors ließ ihn aufhorchen. Ein Lastwagen der Straßenreinigung quälte seine Stoßdämpfer durch die Schlaglöcher des Weges. Der Mann warf den Betonbrocken beiseite, riß die Windschutzscheibe heraus und warf sie auf den Rücksitz des Moskovitch. Dann zog er seine Kappe herunter, schlug den Kragen hoch und verschwand dorthin, wo er hergekommen war. Im Vorbeifahren spritzte eine gelbliche Wasserfontäne auf die Karosserie des Müllwagens.

Novacek ging durch ein Birkenwäldchen mit nassem Boden. Er stieß eine rostige Gittertür auf und gelangte auf einen Kiesweg. Alle dreißig oder vierzig Meter standen sich Zementbänke gegenüber. Als er den ersten Benutzer des Parks, einen Greis mit einem schlotternden Mantel, sah, schreckte er hoch und versuchte eine unbeteiligte Miene aufzusetzen, trotz des Drecks, der an seinen Kleidern trocknete, und des fehlenden Schuhs, der ihn zwang zu humpeln. Der alte Mann tat, als ob er ihn nicht bemerkte. Er zog aus seinen Taschen Brotkrumen hervor, die er zwitschernd im Wind verstreute, um Vögel anzulocken. Zwei weitere Personen gingen an ihm vorbei, ohne Notiz von ihm zu nehmen. Er kam auf einen großen Platz, der sanft bis zu einem Bürgerhaus anstieg, das wahrscheinlich zwischen den beiden

Kriegen gebaut worden war. Als er zwei Altenpfleger in weißen Kitteln bemerkte, trat er in den Schutz der Bäume zurück und machte einen Umweg durch den Wald, um zum Eingang des Altenheims zu gelangen. Der Wächter in seinem Schilderhaus runzelte die Stirn, und Novacek spürte im Rücken noch lange seinen nachdenklichen Blick.

Die Straße schlängelte sich durch ehemalige Apfelplantagen, die den Bauern in vergangenen Erntezeiten Schatten gespendet hatten. Er ging an weiteren Bauzäunen entlang, die weitere geräumte Grundstücke eingrenzten, und plötzlich erhoben sich auf der rechten Seite die Wolkenkratzer von Háje. Ein Kontingent Touristen aus dem Norden verließ gerade das Hotel von Milicov, als er auf seinen Volvo zuging, der am Ende des Parkplatzes in der Nähe der Zwillingstürme stand. Sie betrachteten ihn voller Mitleid, und fast hätten sie einige Fünfzig-Kronen-Stücke geopfert, um das Elend des tschechischen Volkes und zugleich ihr Gewissen zu erleichtern, bevor sie in die Luxusbusse stiegen.

Novacek hielt in Michle an, einem Vorort von Prag, und kaufte sich ein Paar Bata-Schuhe und dazu passende Strümpfe. An einer Wand fiel ihm eine tschechische Inschrift auf

STRC PRST SKRZ KRK

(später erfuhr er, was das bedeutete: »Steck dir den Finger in den Hals«), aber im Moment erinnerte ihn das an eine geheimnisvoll unlogische Reihe von Konsonanten und Vokalen, vor der er eine ganze Weile verblüfft stehen geblieben war. Diese Inschrift befand sich im Keller eines Restaurants in Marseille, durch dessen Dachfenster man an klaren Tagen das Château d'If sehen konnte, das Gefängnis des Grafen von Monte Christo:

!TREUAMEGNIE GIDNEBEL NIB HCI !HCIM TIERFEB !EFLIH

Der ungarische Friseur, der gegenüber der Naschodech-Kirche residierte, gab ihm wieder ein halbwegs menschliches Aussehen und trieb die Nächstenliebe so weit, daß er ihn in sein Hinterzimmer ließ, wo er zwischen verblaßten Photos von Mannequins mit Perücken aus seinen Kleidern stieg und mit einer Wurzelbürste den gröbsten Dreck entfernte.

Große, mit Schnee vermischte Wassertropfen liefen wie ekelhafte weiße Insekten über die Windschutzscheibe, als sich die parallelen Fassaden des Wenzelsplatzes auf der Haube des Volvo spiegelten. Er wollte gerade vor dem Hotel *Europa* einparken, als er sah, daß hinter dem Lieferwagen des Selbstbedienungsrestaurants *Krone* der Moskovitch versteckt war. Mit Gewalt knallte er wieder den zweiten Gang rein, die Reifen zischten über das vereiste Pflaster, die Motorhaube bebte, und bevor der vor Kälte bibbernde Lodenmann etwas bemerken konnte, war Novacek bereits in der Jindřišská-Straße verschwunden.

Die Kartoffeln des Väterchens der Völker

Osvald wohnte in der Myslíkova-Straße, der direkten Verlängerung des Mánes-Ausstellungssaals, dessen klar gegliederte Formen über die Wasser der Moldau ragten und sich auf die Slovansky-Insel stützten. Er hatte ihm oft von der riesigen Bar erzählt, deren Fenster auf den Park führten, und von den heftigen Diskussionen über die Bedeutung einer Farbfläche oder einer unpassenden Aushöhlung in der Mitte einer Skulptur, die oft in handgreifliche Auseinandersetzungen überzugehen drohten. Ganz gleich, welcher gute oder schlechte Künstler als Vorwand diente, was damals diskutiert wurde, ging weit über Kunstrichtungen und das ursprüngliche Thema hinaus. Novacek blieb eine Weile am Ufer stehen, um sich zu vergewissern, daß der Killer nicht irgendwo ein Stück von seinem Loden zeigte. Beruhigt hob er die Augen zu den Karyatiden mit entblößten Brüsten, die lächelnd die Fassaden stützten. *Sexual healing*, ein alter Hit von Marvin Gaye, erklang aus den geöffneten großen Fenstern. Er stieg in den zweiten Stock und wollte gerade anklopfen, als Osvald mit einem Haufen leerer Flaschen auf den Armen die Tür aufmachte. Überrascht über den Anblick, der sich ihm bot, musterte der Journalist ihn von Kopf bis Fuß.

»Was ist denn mit dir passiert! Bist du von einer Straßenbahn überfahren worden?«

»Das wäre vielleicht besser gewesen!«

»Komm schnell rein, die Nachbarn dürfen dich nicht so sehen, die mögen nämlich keine Zigeuner... Sie könnten die Bullen rufen.«

Er stellte die Flaschen an der Wand ab und ließ ihn direkt vom Flur in sein Schlafzimmer eintreten, wo er ihn vor den Kleiderschrank schob.

»Was mein ist, ist auch dein.«

Novacek begann sich auszuziehen.

»Ich kann nicht lange hierbleiben. Ein Typ verfolgt mich, mit einer Bleispritze in der Hand. Eben hat er vor dem *Europa* auf mich gewartet. Du mußt mir unbedingt ein Versteck besorgen.«

»Bist du sicher, daß du nicht übertreibst?«

Er warf seine Hose auf den Teppichboden.

»Ich bin in Milicov über ein Feld gerobbt, und bei so einem Wetter muß man dafür schon ernste Gründe haben, das kannst du mir glauben. Der Typ, von dem ich rede, hat derartig Blei verteilt, daß die Bauern in der Gegend nach der nächsten Ernte wahrscheinlich wegen Bleivergiftung angeklagt werden!«

Osvald sammelte die alten Klamotten auf und stopfte sie in einen Müllsack.

»Was soll ich denn nun genau machen?«

»Erstmal mußt du zum Hotel, meine Sachen abholen und die Rechnung bezahlen. Vergiß vor allem nicht die Fußballphotos, die ich an die Wand gepinnt habe. Dann muß ich meinen Volvo irgendwo unterstellen, das ist wahrscheinlich das einzige Modell von diesem Typ in ganz Tschechien...«

»Das ist nicht unsere Schuld, die Polen haben alles abgeräumt!«

»Und dann brauche ich noch eine ruhige und diskrete Bude mit Blick auf die Umgebung, damit ich das Terrain abchecken kann, bevor ich aus dem Haus gehe.«

Osvald trat zurück und begutachtete das Ergebnis.

»Abgesehen von ein paar kleinen Schrammen, mag es gehen. Sehr gut, ich kümmere mich um das Hotel, dein Auto und um deinen Herrensitz. Ich brauche etwa eine Stunde. Ich hoffe, daß du mich in der Zwischenzeit bei den Damen würdig vertrittst.«

Er schubste ihn leicht zu der Tür, die zum Wohnzimmer führte.

»Du kannst dich ranschmeißen, an wen du willst, nur auf die Blonde mit der roten Hemdbluse, die die russischen Appetithäppchen in sich reinstopft, habe ich eine Option!«

»Bei der hast du doch keine Chance, die ist eine Nummer zu groß für dich!«

»Mag sein, aber ich liebe Schwierigkeiten. Außerdem haben Lesben mich schon immer angezogen. Da bin ich wahrscheinlich nicht der einzige!«

»Woher weißt du, daß sie eine ist? Hast du eine Kartei?«

»Nein! Ich habe sie gerade gefragt, ob sie verheiratet ist, und sie hat geantwortet ›Keineswegs, ich bin Vegetarierin‹. Das ist doch deutlich, oder?«

»Das klingt vor allem anspruchsvoll. Du kannst beruhigt losgehen.«

Als Osvald ankündigte, daß er Nachschub holen wolle, brach Jubelgeschrei aus. Von den dreißig Anwesenden verrenkten sich zwei Drittel im abgehackten Rhythmus der Stimme von Terence Trent d'Arby, während die anderen diskutierten, um sich durstig zu machen. Novacek erinnerte sich zu spät daran, daß er das Mittagessen ausgelassen hatte. Der erste Schluck Whisky fiel wie ein Stück Blei in den Magen und haute ihn von den Beinen. Er ließ sich zwischen zwei dauergewellten Blondinen auf ein Sofa fallen, die mit ihren Kissen hochgeschleudert wurden. Ein Dutzend Oliven und einen Teller Minipizzas später brachte eine Professorin für französische Literatur, die vor der Teilung des Landes an der Comenius-Universität in Bratislava gelehrt hatte, das Gespräch auf das Problem der Bewertung von Literaturgattungen mit hohen Auflagen. Sie mußte *France-Culture* in hohen Dosen hören, denn sie sprach in absoluter Perfektion und mit einem Akzent, der zur Affektiertheit des Thema paßte.

»Die ›Schwarze Serie‹ von Gallimard ist zum Beispiel das vollkommenste Beispiel der Serienliteratur. Die Reihe basierte zu Beginn auf einem polymorphen Korpus, der ihr äußerlich war, aber im Laufe der Jahre tendierte sie dahin, zur einzigen Definition der Texte zu werden, die sie versammelte... Oder glauben Sie nicht?«

Auf einer russischen Gurke kauend, nickte er feige und benutzte sein leeres Glas als Vorwand, um in Richtung Bar zu verschwinden. Auf dem Weg überraschte er den Blick des Mädchens in Rot, der auf den vielversprechenden Formen einer überdrehten kleinen Brünetten weilte. Sie ließ sich nicht stören und zwinkerte ihm zu, als ob sie einem Mitstreiter ein Zeichen geben wollte, daß sie nun zum Angriff überging. Er schenkte sich einen Schluck Wodka Gorbatschow ein und nippte daran. Donnerwetter! Der Hersteller machte seinen Kunden nichts vor: der Wodka hatte einen genauso starken Charakter wie sein Namenspatron. Ein Alltagshistoriker erzählte ihm, daß er einen Großteil seiner Freizeit in der Pinkassynagoge an der Širokágasse verbrachte, wo er wieder die Namen der 77.297 Juden des Prager Gettos aufmalte, die in den Nazilagern vernichtet worden waren. Die Namen waren im Juni 1967 von den kommunistischen Machthabern entfernt worden. Er erfuhr auch, daß der riesige Sockel der Stalin-Statue auf dem Letná-Hügel ein Kartoffellager war und daß die Prager zu seinen Lebzeiten aus diesem Grunde seine Stiefel mit Ehrfurcht betrachtet hatten.

»Die Bürokraten haben den Hüter der Kartoffeln durch ein gigantisches Metronom ersetzt, das uns zeigen soll, daß wir von der Zeit beherrscht werden. Kurz nachdem es in Betrieb genommen wurde, ist es stehen geblieben, und sein Pendel wurde zur Sitzstange der Moldau-Möwen. Wir sind hier sehr stolz darauf, daß wir die größte und kostspieligste Sitzstange für Möwen auf der ganzen Welt gebaut haben!«

Sie stießen auf das Federvieh an, und Novacek hätte das Gespräch gern fortgesetzt, wäre Osvald nicht schwerbeladen mit Flaschen wiederaufgetaucht. Nachdem man ihn von seiner Last befreit hatte, gingen sie ins Nebenzimmer.

»Ich habe deinen Wagen in einem unterirdischen Parkhaus an der Studentská-Straße, beim Vitězné náměstí, dem alten Lenin-

Platz, unterbracht. Der Wächter ist ein Kumpel, er hat ihn sogar mit einer Plane abgedeckt.«

»Wo sind meine Klamotten? Bist du im Hotel gewesen?«

»Ja, klar. Ich habe die Rechnung bezahlt. Bei Touristen machen sie kein Theater! Ich habe deine Tasche in den Kofferraum meines Wagens gelegt und bin dann mit einem Taxi weggefahren.«

»Und eine Unterkunft?«

»Das ist auch geregelt. Fünf Minuten von hier, ein regelrechtes Nummernkonto! Wurde bis November 89 für die Treffen der Charta benutzt, und die *estebaci* haben niemals einen Verdacht gehabt. Wir können gleich hingehen, wenn du willst.«

Das Haus lag auf der anderen Flußseite, hundert Meter vom Ufer entfernt, in einer kleinen Gasse zwischen dem Fußballstadion von Smíchov und dem riesigen Bahnhof für Fernbusse. Wenn man sich an ein Eckfenster stellte, mußte man sich schon sehr dumm anstellen, wenn man gesehen wurde. Osvald kündigte sich an, indem er dreimal kurz an die Pförtnertür klopfte. Er wartete einige Sekunden und klopfte noch einmal fünfmal hintereinander.

»Das wird sie an die guten alten Zeiten erinnern!«

In der Tür erschien eine mindestens siebzig Jahre alte Frau. Er beugte sich herunter und umarmte sie.

»Ich freue mich, dich wiederzusehen, Paola! Du hast dich nicht verändert. Hier stelle ich dir François Novacek vor. Ich habe dir vorhin am Telephon von ihm erzählt.«

Sie musterte den Franzosen abschätzend und reichte ihm, zufrieden mit der Untersuchung, die Hand.

»Ich habe seit mindestens zwei Jahren nichts mehr von dir gehört, Osvald. Du erinnerst dich nur an mich, wenn es hart auf hart geht!«

»Das beweist, daß du eine echte Freundin bist! Bei kleineren Problemen wendet man sich an irgend jemanden.«

Sie brachte Novacek im fünften Stock in einem großen Zimmer unter, das mit einer Schlafcouch, einem Tisch, einem Schrank, einer Kaffeemaschine und einem Telephon ausgestattet war. Er trat auf den Balkon heraus. Auf der rechten Seite liefen die Roststreifen einer Sicherheitsleiter an der Betonwand herunter.

Ein Photo im Le Parisien

Er wollte sich gerade Schlafen legen und die Vorhänge zuziehen, als das Flutlicht des Stadions anging, das wie eine Raumstation aussah, die mitten auf einer Landzunge stand, welche dem Lauf der Moldau abgerungen worden war. Fünfzehn Spieler in Trainingsanzügen kamen aus dem Gang unter den Tribünen heraus und gingen zum Tor, das links von Novacek lag. Ihre Schuhe hinterließen Spuren in der dünnen Schneeschicht. Sie wärmten sich eine gute Viertelstunde auf und schossen dann abwechselnd auf das Tor. Der Torwart sprang wie ein Hampelmann hin und her. Novacek setzte sich, stützte die Arme auf den Tisch und betrachtete die beiden Schwarzweiß-Photos, die er zwischen Spiegel und Schrank an die Wand geheftet hatte. Er hatte sein erstes wichtiges Tor im Alter von zwölf Jahren geschossen, in einem Endspiel um die Departements-Meisterschaft. Alles, was es zu gewinnen gab, war ein Photo im *Parisien libéré*, aber trotzdem hatten sie gespielt, als ob es um die französische Pokalmeisterschaft ginge! Die gegnerische Mannschaft war hoch motiviert, von den Blauweißen des Stadtclubs von Aubervilliers waren keine Geschenke zu erwarten. Sie hatten den Ruf von Rüpeln, was ihnen bereits vor dem Anpfiff einen gewissen Vorteil verlieh. Das war keine Mannschaft, sondern eine Bande. Sie konnten kein Englisch und machten große Augen, wenn man ihnen etwas von »tackling« oder »fair-play« erzählte, dafür beherrschten sie aber alle möglichen versteckten Fouls, vom Ellbogenstoß in den Bauch bis zum Tritt in den Unterleib, der einen für zehn Minuten außer Gefecht setzte.

Sein Vater war da, auf die Barriere des Auguste-Delaune-Stadions gestützt, eine Gitane mit Maispapier im Mundwinkel. Bob hatte sie in den Umkleidekabinen angefeuert, ohne ihnen allerdings die Furcht nehmen zu können, die ihnen in den Eingeweiden saß. Er erinnerte sich, daß sie mit demselben Gefühl hinausgegangen waren wie Christen in römische Arenen. Der Trainer hatte ihm den Auftrag gegeben, Manndeckung bei einem gewissen Tatave zu übernehmen, einem Braunhaarigen, der einen Kopf größer war als er. Eine Halbzeit lang hatte er sich an seine Fersen geheftet und war zwischen den beiden Strafräumen hin und her gehetzt, ohne auch nur einmal Ballkontakt zu haben. Beim Halbzeitpfiff war das Tor sauber. Bob hatte ihm auf die Schulter geklopft und seine Zufriedenheit ausgedrückt.

»Gut gemacht, François! Du hast sie völlig abgeriegelt. Mach weiter so, wir haben einen Punkt Vorsprung, ein Unentschieden reicht uns!«

Er hatte zwar schon mal gelogen und so getan, als ob er taktische Anweisungen vergessen hätte, aber wirklich ungehorsam war er noch nie gewesen. Als sie aus den Kabinen kamen, hatte er seine Entscheidung getroffen und sich auf den Ball gestürzt, sobald die zweite Halbzeit angepfiffen wurde. Jetzt mußte Tatave zusehen, daß er ihm auf den Fersen blieb. Nach einem kurzen Moment der Verwirrung hatten seine Mannschaftskameraden mitgezogen. Lange Abschläge, Sturmläufe auf den Flügeln, Doppelpässe, lange Flanken, kurze Flanken, Kopfball, Luft schnappen, zurück in die Abwehr... Ein regelrechtes Feuerwerk, das von einem Traumtor gekrönt wurde, ein Aufsetzer mit Effet, mit dem Kopf, nach einer Flanke von Tito, einem kleinen Spanier, trocken wie ein Schlag mit dem Knüppel. Der Torhüter des C.M.A. hatte vergeblich die Arme ausgestreckt und mußte den Ball aus dem Netz holen. Bob wußte, daß man, wenn die Umstände es erforderten, so tun mußte, als ob alles nach Plan gelaufen wäre: nach dem Spiel gab es in der *Imprévu*-Bar nicht die übliche Limonade, sondern Alsterwasser. Er sah seinen Vater vor sich, wie er den *Parisien* durchblätterte, den er noch fünfzehn Tage nach dem Sieg gekauft hatte, auf der Suche nach einem Photo, das nie gedruckt wurde.

Er geriet mehrfach an seinen Anrufbeantworter, bevor es ihm gelang, spät in der Nacht mit Nadège zu sprechen. Sie kam gerade aus der ehemaligen Kartonagen-Fabrik am Quai de Valmy, in der eine Gruppe von Militanten der Bewegung »Recht auf Wohnung« etwa dreißig obdachlose Familien untergebracht hatte.

»Ich habe einige untersucht, die in ganz schlechtem Zustand sind. Sie haben seit Jahren keinen Arzt mehr gesehen. Es ist zum Heulen! Man läßt sie regelrecht krepieren, und in der Zwischenzeit machen Schönheitschirurgen ein Vermögen, indem sie die Fettpolster der Überernährten absaugen!«

»So mag ich dich, wenn du zum Kreuzzug aufbrichst!«

»Du hast gut reden, Novacek! Machst du etwa was anderes, da in Prag? Ich habe ja nicht den Spitznamen ›Der weiße Ritter der grauen Vorstädte‹!«

Er spürte, wie er errötete.

»Wo hast du denn das her, Nadège?«

»Aus deiner Pressemappe. Warum hast du mir nie gesagt, daß Edwy Plenel sich einen kleinen Artikel über dich im *Detektiv* aus den Fingern gesogen hat. Diese Lobhudelei ist urkomisch, außerdem...«

»Hör auf, dich über mich lustig zu machen, sonst lasse ich meine Beziehungen spielen und bitte Bernard Kouchner, etwas ähnliches über dich im *Ärzteblatt* zu verzapfen!«

Er hatte plötzlich Lust, ganz in ihrer Nähe zu sein, und stellte sich vor, was sie für ein Gesicht machte, als sie am anderen Ende der Leitung sagte »Ah, das ist gemein«. Er hätte gern etwas Zärtliches gesagt, aber er mochte seine Gefühle nicht in das Bakelit sprechen. Das Telephon war für ihn so etwas wie ein Gefühlskondom. Sie brach das Schweigen.

»Und sonst, geht es dir gut? Kommst du voran?«

»Ja. Osvald ist eine große Hilfe. Wenn es so weitergeht, bin ich eher zurück, als ich gedacht habe.«

»Bist du immer noch im *Europa*? Vielleicht muß ich dich mal anrufen.«

»Nein, ich habe ein Privatquartier genommen. Das ist hier so üblich, das System ›bed and breakfast‹. Man bekommt genau das, was man haben will. Ein herrlicher Blick, mitten in der Altstadt.

Ich gebe dir die Nummer morgen, ich habe nicht daran gedacht, sie aufzuschreiben.«

Als sie auflegten, trafen sich ihre Küsse irgendwo in der Leitung. Er konnte schon immer schlecht in einem neuen Zimmer einschlafen. Selbst wenn er völlig erschöpft war, der Körper mußte sich erst mit den Dimensionen, den Gerüchen, den Geräuschen und den Spuren der Vorbewohner vertraut machen. Er stand mehrere Male auf, um Alain Cordier anzurufen, dessen Telephon permanent besetzt war. Frühmorgens schlief er schließlich ein, als die ersten Busse des Depots von Smíchov schon ihre Motoren warmlaufen ließen.

Autobahn des Friedens

Als Novacek die Augen öffnete, goß Paola gerade Wasser in die Kaffeemaschine. Er griff nach seinen Kleidern, die auf einer Stuhllehne hingen, und zog sich unter der Bettdecke an. Sie zeigte ihm einen kleinen Umschlag, der neben dem Kaffeebecher, den Brötchen und der Marmelade auf dem Tisch lag.

»Das ist für Sie. Osvald ist frühmorgens vorbeigekommen, er wollte Sie nicht wecken.«

Er setzte sich ans Fenster. In der Ferne trieb der Wind den schwarzen Rauch eines Schleppdampfers über eine schwerbeladene Schute. Das Wasser des Flusses hatte die bleierne Farbe der riesigen Wolken angenommen, die auf den Horizont drückten. Während er seinen Kaffee schlürfte, zog er die Papiere aus dem Umschlag: alte Artikel aus tschechoslowakischen Zeitungen, die am Rand mit Kugelschreiber kommentiert oder in groben Zügen übersetzt waren. Er nahm als erstes eine Seite der *Signal* vom April 1989, die sich mit dem Vorsitzenden des Internationalen Schriftstellerverbandes für Phantastische Literatur beschäftigte, dem Sowjetrussen Youri Setiolov, den man ins Objektiv lächeln sah. Das war das einzige Dokument, das vollständig übersetzt war. Das Interview, das er Galina Novikowa gegeben hatte, bezog sich auf die Vorhaben des I.S.P.L. und seiner nationalen Zweigstellen. Offensichtlich hatten sie sich während des Kongresses in Schloß Dobříš getroffen. Der Artikel begann mit einer kurzen Beschreibung des Befragten.

Der bedeutende Schriftsteller, Autor von Dutzenden Werken mit Millionenauflagen, die in dreißig Sprachen übersetzt wurden, Youri Setiolov, hat 1986 in Havanna den I.S.P.L. gegründet. Er versammelt heute zahlreiche Schriftsteller aus West und Ost und aus der Dritten Welt, die aus unterschiedlichsten politischen und religiösen Richtungen kommen. 1986 zum Präsidenten gewählt, wurde Youri Setiolov letztes Jahr auf dem Treffen in Gijón zum Gründungspräsidenten auf Lebenszeit ernannt.

»Was hat Sie, einen erfolgreichen Schriftsteller, dazu gebracht, sich in so ein Unternehmen zu stürzen?«

»Das geht weit zurück... Eines Tages hat Georges Simenon, mit dem mich enge Freundschaftsbande verbinden, mich gefragt: ›Was hat die größten Auflagen auf der ganzen Welt, Youri?‹. *Und ich habe geantwortet:* ›Wahrscheinlich die Bibel!‹ *Er lächelte und sagte:* ›Genau, und dann kommen Lenin, Karl Marx... und an vierter Stelle ich, Georges Simenon...‹ *An diesem Tag habe ich begriffen, daß die, gute oder schlechte, phantastische Literatur einen beträchtlichen Gewinn abwirft. Nimmt man noch die Kino- und Fernsehverfilmungen dazu, handelt es sich um Milliarden. Bei uns in der Sowjetunion wurde diese Literatur lange* als Speerspitze des Imperialismus gegen den Kommunismus und die nationalen Befreiungsbewegungen *angesehen. Heute, wo viele alte Werte überprüft werden, ist die Absurdität solcher Vorwürfe offensichtlich.«*

»Was hat das für Konsequenzen in der Praxis?«

»Man muß im Sinne des Genfer Treffens von Präsident Gorbatschow und Präsident Reagan handeln. Die Verbindung der Schriftsteller in unseren sozialistischen Demokratien mit ihren Kollegen im Westen fördern.«

»Können Sie finanzielle Hilfe leisten?«

»Nein. Diese Form von Hilfeleistung muß aufhören. Unser Verband kann durch den Verkauf der Werke unserer Mitglieder be-

trächtliche Summen aufbringen. Wir haben zahlreiche bilaterale Wirtschaftsgesellschaften zwischen unseren und den westlichen Ländern gegründet. Zum Beispiel mit Frankreich. Wir in der UdSSR haben die Möglichkeit, Millionen von Büchern in allen vorhandenen Sprachen zu drucken und sie der ganzen Welt zugänglich zu machen. Wir haben genügend Druckereien und Arbeitskräfte. Uns fehlen nur das Papier, die Druckfarbe und die chemischen Hilfsmittel. Unsere partnerschaftlichen Übereinkünfte, Joint-ventures, werden es uns erlauben, sie zu günstigeren Bedingungen zu bekommen.«

»Im Zusammenhang mit der phantastischen Literatur ist auch die Rede von Aktivitäten im Tourismusbereich. Können Sie uns dazu etwas sagen?«

»Ja, und Prag ist dabei eine unentbehrliche Etappe! Der Tourismus wird die zweite Einkunftsquelle der weltweiten Verlags- und Vertriebsorganisation bilden, die wir gerade schaffen. Der I.S.P.L. will ein Projekt zur Förderung wichtiger Verbindungswege erarbeiten. Paris-Prag-Moskau-Leningrad zum Beispiel, mit Zwischenetappen, an denen Treffen mit Schriftstellern der phantastischen Literatur, Ausstellungsbesuche, Film-, Musik- und Theaterfestivals organisiert werden. Das ist eine riesige Baustelle. Es müssen Straßen, Hotels, Campingplätze, Restaurants und Raststätten gebaut werden... Der Friede, die Annäherung der Völker, das ist unsere einzige Motivation.«

»Haben Sie darüber hinaus noch weitere Pläne?«

»Gewiß. Ich träume von einer Weltkulturreiseroute, von einem Weg der Brüderlichkeit, der in London beginnt und über Paris, Moskau oder Kamschatka nach Alaska, San Francisco, Los Angeles, Mexiko und Feuerland führt... Sie werden mir sagen: ›Das sind doch alles Hirngespinste!‹ *Ich kann nur sagen, wenn der Mensch niemals davon geträumt hätte, zum Mond zu fliegen, dann hätte er auch keine Raketen gebaut!«*

Als Novacek den Text noch einmal durchlas, klingelte das Telephon. Er starrte auf den alten schwarzen Apparat, der auf einem Tischchen am anderen Ende des Zimmers stand, und beschloß, erst beim fünfzehnten Klingeln ans Telephon zu gehen. Er hob ab und legte den Hörer an sein Ohr, ohne ein Wort zu sagen. Der Anrufer machte dasselbe und hüstelte dann.

»Bin ich mit Monsieur Novacek verbunden?«

Er spürte, wie sich sein Herzschlag beschleunigte.

»Wer sind Sie?«

»Ich habe die berühmte französische Höflichkeit anders in Erinnerung!«

»Höflichkeit ist mir völlig egal, ganz gleich, ob tschechisch oder französisch! Woher haben Sie diese Nummer?«

»Von einem Ihrer Freunde, einem Journalisten, Osvald Ostatek. Er hat mir gesagt, daß Sie mich treffen möchten. Ich heiße Ladislas Mirotek. Ich weiß nicht, was ich für Sie tun kann, aber ich stehe zu Ihrer Verfügung.«

Er nahm das Telephon und setzte sich auf's Bett.

»Entschuldigen Sie bitte, Osvald hat mich nicht informiert.«

»Das macht nichts. Ich arbeite im Hotel *Forum*, ich gehe niemals vor acht Uhr abends. Fragen Sie an der Rezeption nach mir.«

Novacek ließ sich zurückfallen und blieb lange Zeit unbeweglich liegen, den Blick auf die Decke gerichtet. Dann machte er sich wieder daran, die auf dem Tisch verstreuten Papiere durchzusehen. Auf einer Seite der *Rude Pravo* waren unter der Überschrift »Anketa na Dobříš« die Porträts der Teilnehmer am Prager Treffen abgedruckt. Jeder Romancier durfte hier sein Loblied singen. Der Text von Doline enthielt nichts Neues:

Ich habe mit Freuden positiv auf die Einladung meines Freundes Karel Bogdan, dem Vorsitzenden des T.S.P.L., geantwortet. Ich wollte schon seit langem einmal in Ihr Land kommen und diese Stadt Prag kennenlernen, die den Künstlern auf der ganzen Welt Anregungen zu so vielen Meisterwerken gegeben hat.

Osvald hatte noch drei weitere Ausschnitte aus der lokalen und internationalen Presse beigelegt. Der erste befaßte sich mit der Befreiung eines Oppositionellen, Augustin Navratil, der sechs Monate in einer psychiatrischen Klinik eingesperrt war, weil er eine Petition in Umlauf gebracht hatte, in der die freie Religionsausübung in der Tschechoslowakei gefordert wurde. Der zweite enthielt die Mitteilung, daß Václav Havel, der seit dem 16. Januar 1989 verhaftet war, weil er Blumen an der Stelle niederlegt hatte, an der Jan Palach sich vor zwanzig Jahren verbrannt hatte, zu drei Jahren Gefängnis verurteilt werden sollte, wegen »Anstiftung zu kriminellen Handlungen«. Im dritten ging es um den möglichen Rücktritt des Vorsitzenden des tschechischen Schriftstellerverbandes, Jan Kozak, aus gesundheitlichen Gründen, und um seine Ablösung durch den ehemaligen Kultusminister Miroslav Valek.

Als er die Ausschnitte in den Umschlag zurücksteckte, fiel sein Blick auf eine kleine Gruppenaufnahme. Fünfundzwanzig Personen, hauptsächlich Männer, standen Schulter an Schulter vor einer Hecke, die in Form von auf der Spitze stehenden Kegeln geschnitten war. Er beugte sich vor und versuchte die winzigen Gesichter zu erkennen, die unscharf waren, weil man sie zu stark gerastert hatte. In der Schublade des Tisches fand er in einem Wust von Bindfäden, Korken, Schrauben, Nägeln und nicht zueinander passenden Knöpfen eine alte Brille mit doppelt geschliffenen Gläsern, die er als Lupe benutzen konnte. Neben Galina Novikowa erkannte er einen strahlenden Frédéric Doline. Dann richtete er seine Aufmerksamkeit auf einen Typen, der ganz an der Seite stand und anscheinend beiseite schleichen wollte, um nicht mit aufs Bild zu kommen. Sein Gesicht kam ihm bekannt vor. Vor seinem geistigen Auge staffierte er ihn mit einem Lodenmantel aus, fügte eine Kappe auf einem glatzköpfigen Schädel hinzu, und es gab keinen Zweifel mehr. Er steckte die Dokumente in den Umschlag und fügte noch die beiden Photos mit der Mannschaft von Roter Stern Prag hinzu.

Die Grauzone

Novacek nahm in Smíchov die U-Bahn. Die Wagen waren voll von trübseligen Pendlern, die aus den Vorstädten Nové Butovice, Jinonice oder Radlická kamen, um für acht Stunden die düsteren Ministerien, die Lagerhäuser von Libeň oder die Fabriken von Karlín zu füllen. An der Vyšehrad-Station, die lange Gottwald hieß, stieg er aus und fand sich vor dem Glasturm des *Forum*-Hotels wieder, in das er sich geflüchtet hatte, als er beim Verlassen des Antiquariats von dem Lodenmann verfolgt worden war. Er hatte sich an Zufälle gewöhnt, wenn sie nicht allzu häufig auftraten, aber daß zwei Zufälle zusammenfielen, gefiel ihm ganz und gar nicht. Der livrierte Typ, der an der Drehtür stand, musterte ihn aufmerksam von Kopf bis Fuß, und er spürte, daß das Ergebnis der Untersuchung nicht zu seinen Gunsten ausgefallen war. Die Empfangshalle brodelte vor lauter Gesprächen einer Vielzahl von frischrasierten Geschäftsleuten, die überwiegend in dunkle Anzüge gezwängt waren. Wahrscheinlich würde bald zum Auftakt der Jagd nach Verträgen geblasen werden. Die Umgebung erinnerte ihn an die Morgenstunden in Paris, wenn die Hochgeschwindigkeitszüge in Paris abfuhren, an die U-Bahnen voller Entscheidungsträger, die in den *Figaro* vertieft waren oder sich über ihre Portables beugten. Hinter einem erleuchteten Springbrunnen war die Rezeption. Eine junge Frau, die gerade die Magnetkarten sortierte, die als Zimmerschlüssel dienten, hob ihr Gesicht mit einem Lächeln, bei dem man sich unwillkürlich fragte, wie es den Produzenten von Zahnpastareklame entgangen sein konnte. Ein leichtes Heben der Augenbrauen signalisierte: *Ich sehe schon, daß Sie etwas brauchen, zögern Sie nicht, ich werde Ihnen weiterhelfen*... Er stütze sich auf den Rezeptionstisch.

»Ich habe eine Verabredung mit Monsieur Ladislas Mirotek.«

»Monsieur Mirotek, sind Sie sicher?«

»Ja. Ich habe mit ihm am Telephon gesprochen. Er hat mir gesagt, daß er hier arbeitet, aber ich weiß nicht wo, vielleicht im Büro oder in der Küche?«

Das routinierte Lächeln wich einer amüsierten, aber auch angespannten Miene. Sie griff zu ihrem drahtlosen Telephon.

»Vielleicht versuchen wir es zuerst in den Büros... Sie sind?«

»Novacek... François Novacek.«

Ihre perlmuttglänzenden Fingernägel glitten über die Tasten. Inmitten mehrerer tschechischer Sätze sprach sie mehrfach seinen Namen aus.

»Monsieur Ladislas Mirotek erwartet Sie. Sie finden ihn in der zwanzigsten Etage.«

Er dankte ihr und wandte sich ab, als sie mit einer Handbewegung noch einmal seine Aufmerksamkeit erregte.

»Sie müssen den Aussichtsfahrstuhl nehmen, Monsieur Novacek, die anderen fahren nicht bis in die oberen Etagen.«

Die Glaskabine hob ihn über die Halle hinaus. Er lehnte sich an die Rückwand, um das Kribbeln zu unterdrücken, das sich in seinen Beinen und in seinem Unterleib ausbreitete. Kaum hatte er sich daran gewöhnt, merkte er, wie die Kabine plötzlich abbremste. Der Zähler neben der Schalttafel wurde langsamer und blieb bei der Zahl 20 stehen. Er setzte den Fuß auf den Marmorboden des Stockwerks. Ein Angestellter fegte die Alleen des Wintergartens auf der Terrasse, der die Hälfte der obersten Etage einnahm. Schubweise drang der Geruch feuchter und warmer Erde bis zu ihm vor. Überrascht entdeckte er den Namen Mirotek in einer verschnörkelten Schrift auf einer Kupferplatte, die die stattlichste Tür des breiten Flurs zierte. Die Funktion stand etwas kleiner darunter: *Manager*. Als er auf die in die Wand eingelassene Klingel drückte, öffnete ein elektrischer Mechanismus die Tür. Ein Mann mit kräftiger Statur wandte ihm den Rücken zu, völlig versunken in der Betrachtung der Stadt. Er drehte sich um. Novacek bemerkte das ovale, leicht abgeflachte Gesicht, die grauen Haare, sehr bewegliche Augen und eine Nase, die so fein wie eine Rasierklinge war. Er mußte fast siebzig Jahre alt sein, machte aber den Eindruck, im Vollbesitz seiner Kräfte zu sein. Sein perfekt geschnittener heller Anzug begleitete jede seiner Bewegungen und verstärkte das Gefühl von Ungezwungenheit, das er ausstrahlte.

Er drückte seine Zigarette in einem mit parfümiertem Sand gefüllten Aschenbecher aus und kam näher.

»Sie sind sicher François Novacek!«

Er öffnete die Arme und zog den Detektiv an sich. Novacek ließ die Umarmung über sich ergehen, ohne sie zu erwidern, aber als Mirotek einen Schritt zurücktrat, stellte er fest, daß die Rührung des alten Mannes nicht gespielt war. Es lag nahe, sich zu duzen.

»Es ist unglaublich, wie ähnlich du ihm siehst! Ich habe den Eindruck, deinen Vater zu sehen. Wie eine Rückkehr der Vergangenheit!«

»Ja, er ist vor mehr als vierzig Jahren fortgegangen.«

»Genau. Das war 1952, März 52. Wir beide haben in derselben Mannschaft gespielt, bei Roter Stern Prag. Jiri in der Mitte, ich auf dem rechten Flügel. Wir haben uns auf dem Spielfeld genauso gut verstanden wie im Leben. Ich habe oft an ihn gedacht. Deine Mutter hat mir mitgeteilt, daß er gestorben ist, in diesem schrecklichen Jahr 1968. Du mußt noch ziemlich jung gewesen sein.«

»Ja, ich war erst zehn.«

Ladislas ging zu einem Sofa aus schwarzem Leder.

»Möchtest Du etwas trinken, François?«

Er nahm ein Bier und setzte sich neben den ehemaligen Fußballspieler. Er versank in Schweigen und wußte nicht mehr so recht, warum er gekommen war.

»Was machst du?«

Er stellte sein Glas auf den lackierten Tisch.

»Hier, in Prag?«

»In Prag und in Frankreich.«

»Ich bin lange Journalist gewesen. Ich habe Hintergrund-Geschichten geschrieben, aber seit ein paar Jahren mache ich etwas anderes.«

»Hat dir der Journalismus keinen Spaß mehr gemacht?«

»Das ist nicht der Grund. Nein, man hat mir zu oft meine Artikel geändert. Bestimmte Informationen haben nicht allen gefallen.«

»Ja, wenn die Presse nur dazu da wäre, Informationen weiterzugeben, würde es nur eine einzige Zeitung geben. Man würde einfach Gras über alles wachsen lassen.«

»Das war ja vor gar nicht so langer Zeit der Fall.«

Ladislas lehnte sich lachend in die Kissen zurück.

»Ja, die *Rude Pravo* hat uns sehr gut darüber informiert, was die Regierung von uns erwartete! Und heute, was machst du jetzt?«

»Ich bin Privatdetektiv, in Paris.«

Ladislas legte die Hände auf seine Arme und zwang Novacek, ihm direkt ins Gesicht zu sehen.

»Privatdetektiv! Wie Sam Spade oder Philip Marlowe! Du machst Scherze, das ist doch nicht wahr!«

Novacek zog nur ein Gesicht und zuckte mit den Achseln. Ladislas senkte die Stimme und nahm einen verschwörerischen Tonfall an.

»Sag bloß nicht, daß du hier einen Auftrag bearbeitest!«

»Ja, doch. Sonst wäre ich wahrscheinlich niemals hier her gekommen. Mein Vater hat nur ein einziges Mal von der Tschechoslowakei gesprochen. Kurz vor seinem Tod, als er mir das Versprechen abnahm, niemals diese Grenze zu überqueren.«

»Er konnte ja nicht ahnen... Damals hätte sich keiner vorstellen können, daß die Berliner Mauer einmal fallen würde. Nicht einmal in den westlichen Demokratien: dort hat man sein Gewissen beruhigt, indem man den Dissidenten Pakete ins Gefängnis schickte. Man hat sich genauso verhalten wie euer Edouard Balladur in China. Und was machst du hier, wenn die Frage nicht indiskret ist?«

»Nein. Ich suche einen französischen Schriftsteller. Er ist wegen eines Buches in die Tschechische Republik gefahren und hat sich seit mehreren Wochen nicht mehr gemeldet.«

»Davon habe ich noch gar nichts gehört. Ist er ein berühmter Schriftsteller?

»Er ist erst vor kurzem bekannt geworden, in Frankreich. Sein letztes Buch hat den Lovecraft-Preis bekommen und mehrere Dutzend Auflagen gehabt. Er hat phantastische Romane und Science-fiction geschrieben.«

Ladislas goß den Rest der Flasche in die Gläser.

»Vielleicht kann ich dir helfen. Ich leite dieses Hotel seit drei Jahren. Es ist eines der größten in Osteuropa, und ich habe gute Beziehungen zu meinen Kollegen. Ich kann leicht herauskriegen, ob der Mann, den du suchst, ein Zimmer in irgendeinem tschechischen Hotel oder Motel genommen hat. Hast du schon eine Spur?«

Novacek zog den Umschlag aus der großen Innentasche seines Mantels und nahm eine der Photokopien aus der *Neuen Literatur* heraus.

»Ich weiß nur, daß er schon unter dem früheren Regime einmal hier war, vom 13. bis 21. Februar 1989, bei einem Schriftstellertreffen. Das hier ist eine Zusammenfassung von damals.«

Ladislas überflog den Artikel.

»Kennst du noch andere Personen, von denen in diesem Artikel die Rede ist?«

»Ich habe die Journalistin getroffen, Galina Novikowa. Sie arbeitet heute in einem Zentrum zur Bekämpfung der Drogensucht. Aber sie konnte mir nicht viel sagen. Mein Assistent hat mir einige Informationen über die eingeladenen Schriftsteller geschickt. Alles nur kleine Nummern, alle vom gleichen Kaliber wie Frédéric Doline, außer dem Sowjetrussen, Youri Setiolov...«

»Ich habe einige seiner Bücher gelesen. Er ist reichlich übersetzt worden.«

Novacek zögerte etwas und zeigte dann auf das Photo, das neben dem Artikel von Galina abgedruckt war.

»Hier, sehen Sie, der Typ, der sich von der Gruppe entfernt, da, der sich auf das Schloß zubewegt. Ich weiß nicht, wer das ist, aber er verfolgt mich seit zwei Tagen wie ein Schatten.«

»Hast du ihn abschütteln können?«

»Ja, ich bin schon vor Sonnenaufgang losgegangen.«

»Da hast du Glück gehabt. Das ist kein Chorknabe.«

Er hatte das ganz beiläufig gesagt, als ob es nicht besonders wichtig wäre. Novacek stand auf.

»Sie kennen ihn?«

»Unser Land war schon immer klein, und jetzt haben wir es auch noch zweigeteilt. Wir sind hier alle Nachbarn, Vettern...«

»Wer ist das?«

»Er heißt Pokorne und war einer der Geheimpolizisten vom Kultusministerium. Dieses Bild beweist, daß kein totalitäres Regime für die Ewigkeit gemacht ist.«

»Wieso?«

»Wenn man mehr als vierzig Jahre an der Macht ist, hat man den Eindruck, daß das ewig so weitergeht. Die anderen, alle anderen, zählen nicht, und es kommt ein Moment, wo sie nicht einmal mehr vorhanden sind. Sie sind derartig selbstsicher, daß sich selbst ihre Geheimpolizisten photographieren lassen! Das ist ein Zeichen dafür, daß das Ende bevorsteht.«

Novacek beugte sich vor und griff nach dem Umschlag, der unter seinen Fingern zerriß. Er schwenkte das Photo mit der Mannschaft von Roter Stern Prag vor Miroteks Augen und hob die Stimme.

»Das hier ist aus den ersten Anfängen, und die sind alle vom Geheimdienst! Oder? Der, der, der... Mein Vater... Und Sie!«

Ladislas nahm das Photo in die Hand und zwang Novacek, sich neben ihn zu setzen.

»Du darfst nicht zu vorschnell urteilen, François! Du kennst unsere Geschichte nicht. Der Bursche, den du da neben mir siehst, hieß Anton Bunzl, und er war rechter Verteidiger. Wir waren zusammen in der Widerstandsbewegung gegen die Nazis. Er war das, was wir einen Kommunisten von Geburt genannt haben, ein knallharter... Er hat sich 54 eine Kugel in den Kopf geschossen, nach den Prozessen, um nicht verrückt zu werden. Dein Vater hat Glück gehabt, er konnte sich noch rechtzeitig absetzen. Ich habe so getan, als ob ich mitspiele, aber, sobald der Schiedsrichter sich umdrehte, habe ich dem Gegner den Ball zugespielt. Ein ganzes Leben mit einem Lächeln auf den Lippen und einem höhnischen Grinsen im Kopf. Ich war dafür nicht gemacht, und ich schwöre dir, daß es mir niemals Spaß gemacht hat.«

Novacek griff nach dem Photo. Er schlüpfte in seinen Mantel und drehte sich kurz vor der Tür um.

»Die Frage ist nur, wann das aufgehört hat?«

»Wer hat dir gesagt, daß das zu Ende ist, François? Nach vierzig Jahren Dienst kenne ich nur einen winzigen Teil des Apparats, nur das, was über der Wasserlinie lag. Die Physik lehrt, daß bei Eisbergen sieben Achtel unter der Wasseroberfläche liegen. In der Politik gibt es keine Regeln. Die Größe der Grauzone ist unbekannt. Fünf Jahre nach der Wende sind wir immer noch erst im Stadium der Aufklärung. Jeder Tag bringt neue Entdeckungen.«

Schatzsuche in einer Bibliothek

Er ging die Sicherheitstreppe hinunter, eine schmale Wendeltreppe, deren Stufen in jedem Stockwerk mit einer anderen Farbe gestrichen waren. Seine Gedanken wanderten von Gelb zu Blau, von Grün zu Rot und wechselten mit den starken Farbkontrasten der Stufen. Als er die Füße ins Rosa-Violett setzte, fiel ihm auf, daß er sich noch nicht einmal gefragt hatte, ob Ladislas Mirotek überhaupt so aussah, wie derjenige, der vierzig Jahre früher in der Mannschaft von Roter Stern gespielt hatte... Und wenn er ein Betrüger war? Im Siena und Ocker der fünfzehnten Etage mußte er an Osvald denken, der seltsamerweise in den ehemaligen Räumlichkeiten der Zeitschrift des Innenministeriums arbeitete, *Der Soldat der Freiheit*... Hatte er ihn absichtlich in die Hände von Mirotek und Galina Smenatova gespielt? Gehörten sie alle zusammen? Und dieser Pokorne, wieso hatte der »Manager« ihn so leicht wiedererkannt? Er beruhigte sich und traf seine Entscheidung inmitten von türkisfarbenen Farbschattierungen.

Die Straßenbahn hielt zwei Schritte von der Zeitung *Direkt* entfernt. Als er die im Umbau befindliche Halle betrat, kamen ihm Osvald und sein Photograph entgegen. Osvald gab während des Gehens mit lauter Stimme Anweisungen. Novacek mußte umkehren, und bald fanden sich beide auf den Vordersitzen eines BMW's der Zeitung wieder, während der Photograph seine Ausrüstung hinten verstaute.

»Und, fühlst du dich wohl bei Paola?«

»Ganz wie zuhause. Es fehlen nur die Croissants. Wo führst du mich hin?«

»Nicht weit, auf die Hügel von Žižkov. Von da hat man einen sehr schönen Blick über die Stadt.«

Er fuhr auf die mit Lieferwagen überfüllte Stadtautobahn. Beim Památník-Park bog er ab und hielt kurz danach vor einem Gebäude in deutschem Stil. Die runde Halle war mit griechischen Statuen geschmückt und die Marmorplatten auf dem Boden bildeten eine Windrose. Gleich am Eingang wurden sie von einem stark erregten, etwa fünfzigjährigen Mann abgefangen. Sie folgten ihm in einen riesigen Bibliothekssaal. Überall waren Polizisten bei der Arbeit, sie hockten auf den Stufen, eilten durch die Gänge und durchsuchten die verlassenen Arbeitstische. Angestellte schoben Wagen mit riesigen Haufen von beschädigten Büchern umher. Sie gingen durch schwere Eichenregale, die für alte Bücher reserviert waren, und näherten sich dem Bereich, in dem neuere Ausgaben standen. Tausende von Bänden waren auf dem gewachsten Parkett verstreut, halb abgerissene Einbände hingen an Papierhaufen und beim geringsten Luftzug flogen verwaiste Buchseiten umher. Während Osvald mit seiner Reportage beschäftigt war, lehnte Novacek sich an eine Säule und ließ die Katastrophe auf sich wirken. Eine junge Frau weinte, während sie die unbeschädigten Bücher einsammelte und an der Wand aufstapelte. Nach einer Dreiviertelstunde kam der Journalist zurück. Er verabschiedete sich von dem Photographen, der zum Labor zurückfahren sollte.

»Ich habe ein bißchen Hunger. Ich kenne ein kleines Restaurant hier im Stadtteil. Ich lade dich ein. Ist dir die Zeit nicht zu lang geworden?«

»Nein, ich habe einer Bibliothekarin geholfen, aufzusammeln, was noch lesbar war. Was ist geschehen? Ein Wirbelsturm?«

»Schlimmer!«

»Ein tschechischer Taifun?«

»Fast... Es gibt hier seit drei Monaten einen privaten Fernsehsender, und die Animateure sind auf die Idee der Interaktion verfallen. Die Öffentlichkeit muß mitmachen und ständig verfolgen, was auf dem Bildschirm geschieht. Heute morgen ist ihnen nichts besseres eingefallen, als eine Schatzsuche in der Stadt zu inszenieren. Tausend Dollar wurden an einem Ort versteckt, den die Fernsehzuschauer anhand von Hinweisen entdecken mußten, die der Sender jede Viertelstunde gab.«

»Ein ziemlich gutes Mittel, um ein Maximum von Leuten an den Bildschirm zu fesseln...«

»Um so mehr, als man hier auf alte Reflexe gesetzt hat. Sobald eine Ladung Zahnbürsten, Klopapier oder Heizdecken eingetroffen war, rief man all seine Freunde an und löste sich beim Schlangestehen vor dem Kaufhaus Maj ab... Hier war es so ähnlich, in ganz Prag hat das Telephon geklingelt. Die tausend Dollar haben Junge gekriegt: zehntausend, hunderttausend... Und am Ende, als klar wurde, daß die Scheine zwischen den Seiten von Abenteuerromanen in der Karlinské-Bibliothek versteckt waren, haben sich mehrere Hundert Leute auf den Weg gemacht. Sie haben sich auf die Bücher gestürzt, und als der erste Zehn-Dollar-Schein gefunden wurde, ist das Ganze außer Kontrolle geraten.«

»Glücklicherweise sind sie nicht auf die Idee gekommen, sie in den alten Büchern zu verstecken! Der Schaden wäre nicht wieder gutzumachen gewesen! Und was sagen sie jetzt, im Fernsehen?«

Osvald stieß die Tür eines Gasthauses auf und ließ Novacek eintreten.

»Der Direktor hat sich live entschuldigt. Er hat die Gelegenheit genutzt, um anzukündigen, daß der Sender eine Sondergala mit Varietéeinlagen organisieren will und daß ein Teil der Werbeeinnahmen dazu verwendet werden soll, die Bibliothek zu entschädigen.«

»Hut ab, die haben schnell gelernt!«

Sie setzten sich neben eine Glastür auf der Rückfront des Museums. Zwischen zwei Wolken, die so groß wie Kontinente waren, lugte die Sonne hervor. Der Wirt, ein Faß auf Barhockerbeinen, servierte ihnen gravitätisch Schweinebraten mit knedlíky und in Paprika eingelegte Gurken. Novacek wartete, bis Osvald die Hälfte seiner Portion gegessen hatte, und kam dann auf das zu sprechen, was ihm unter den Nägeln brannte.

»Ladislas Mirotek, der Typ, der mit meinem Vater zusammen gespielt hat, hat auf deine Veranlassung Kontakt mit mir aufgenommen. Wie hast du ihn gefunden?«

Osvald war damit beschäftigt, einen halben Kloß in die braune Soße zu tunken und in den Mund zu schieben. Er nutzte die Zeit des Kauens zum Nachdenken.

»Ich habe einfach meine Sekretärin gebeten, sich mit den Verbänden für ehemalige Sportler in Verbindung zu setzen. Es gibt fast alles, eine Vereinigung der Olympiamedaillengewinner, ein Club derjenigen, die auf hundert Meter unter elf Sekunden gelaufen sind, ein Komitee zur Verteidigung des hölzernen Hochsprungstabs, das der Meinung ist, daß die Stäbe aus Glasfiber oder Kunststoff den Wettkampf verfälschen und daß man im Nachhinein die alten Champions bestraft... Es ist wohl richtig, wenn man Bubka einen Bambusstab geben würde, würde er sicher immer unter der Sechs-Meter-Latte durchspringen, ohne den Kopf einziehen zu müssen!«

»Da bin ich ganz deiner Meinung, man sollte auch den Marathonlauf in Sandalen und mit einem Schwert an der Seite veranstalten, aber das beantwortet nicht meine Frage. Wann hast du Mirotek kennengelernt?«

»Warum fragst du mich das, François? Ist das wichtig?«

Novacek schob seinen Teller zurück, den er praktisch nicht angerührt hatte, und befreite seine letzte Packung Gauloises Blondes von der Zellophanhülle.

»Ich riskiere bei dieser Geschichte Kopf und Kragen, und ich möchte wenigstens alle Karten in der Hand haben, verstehst du? Man gibt die Telephonnummer einer geheimen Wohnung nicht einfach an einen Typen, dessen Anschrift man im Adreßbuch finden kann! Das haut nicht hin.«

Osvald senkte die Augen und strich mit den Fingern um den Sockel seines Bierglases.

»Ich habe ihn vor zwei Jahren getroffen, bei einer Reportage. Ich habe eine Recherche über die Umschulung der Leiter der früheren Sicherheitsdienste gemacht.«

»War er noch immer aktiv?«

»Nein. Er hat bereits im Hotelwesen gearbeitet, aber da er über vierzig Jahre dabei war, hat man ihn mir als Informanten empfohlen.«

Der Wirt hatte die Zapfanlage wieder in Gang gesetzt. Novacek wartete, bis er den Tisch abgeräumt hatte.

»Warum hast du mir nichts davon gesagt!«

»Ich weiß nicht... Ich fühlte mich ein bißchen unwohl, als du seinen Namen ausgesprochen hast... Eine blöde Reaktion... Ich habe mich gefragt, ob du ihn zufällig genannt hast oder ob das eine Finte war... Ich hätte dir sagen sollen, daß ich einige Monate lang einen Job gemacht habe, der sich an der Grenze zwischen Journalismus und Geheimdienstarbeit bewegte... Nun gut...«

Novacek beugte sich über den Tisch und klopfte ihm zwei, drei Mal auf den Arm.

»Entschuldige, Osvald. Ich schwöre dir, daß ich ohne Hintergedanken zu dir gekommen bin! Schwamm drüber. Eine Frage nur: Kann ich diesem Ladislas Mirotek vertrauen? Er ist doch wohl zumindest kein Bulle mehr?«

Mit zurückgelehntem Kopf trank er sein Glas aus.

»Erste Frage: ja. Zweite Frage: ich bin mir nicht sicher.«

Kurz bevor sie sich an der U-Bahn-Station Florenc trennten, bat Novacek Osvald – um die Mißstimmung zu beseitigen, die zwischen ihnen aufgekommen war –, ihm die Inschrift zu übersetzen, die auf die frisch gestrichene Busstation gesprüht worden war.

»Da steht: ›Diese Mauer wird nach Abschluß der Bauarbeiten wieder geöffnet‹.«

Lachend gingen sie auseinander.

Stille Messen

Mit der endlos langen Rolltreppe der Station Můstek kam Novacek allmählich wieder an die frische Luft. Er marschierte gegen den Strom der Touristen an, die über den Wenzelsplatz herfallen wollten, nachdem sie durch die engen Gassen der Altstadt getrampelt waren. Schneeflocken tanzten vor seinen Augen. Er erinnerte sich, daß seine Mutter sie früher als Himmelskonfetti bezeichnet hatte. In seiner Erinnerung gab es das bunte Konfetti vom 14. Juli und das etwas unbeständigere vom 25. Dezember... Er blieb vor einem Marktstand in der Havelská-Gasse stehen, an dem ein verlotterter Typ Miniaturreproduktionen des Modells von Prag anbot, das eineinhalb Jahrhunderte früher von Langweil angefertigt worden war. Er kaufte ihm ein Dutzend sepiafarbene Postkarten mit Abbildungen aus den Panoramen von Josef Sudek ab, eine Variation von schneebedeckten Stadtlandschaften und in weiße Mäntel gehüllten Statuen. Er folgte den Klangfetzen eines Kirchenliedes, die durch das Klementinum drangen. Der Chor übte ein Thema von Vranicki. Der Gesang verlor sich, als er die Karlsgasse überquerte. Er blickte zu einem Firmenschild empor, einer schwarz gestrichenen Metallplatte, in deren Mitte man das Wort ›Antikvariat‹ und die Form eines aufgeschlagenen Buches ausgeschnitten hatte. Es schwankte im Wind, der vom Fluß heraufstrich und durch die Öffnungen pfiff. Wenn man die Ohren spitzte, konnte man das Quietschen des blankgescheuerten Metalls hören. Keiner der Passanten bemerkte das schwere geschlossene Portal der Kepler-Passage, auf das nur ihre Schatten fielen.

Er stellte sich unter den Vorbau der Kreuzherrenkirche St. Franziskus, deren Glockenspiel gerade halb drei schlug. Die Wartezeit verschlang einen guten Teil seiner Gauloises, deren Stummel er auf die glänzenden Straßenbahnschienen schnipste. Mit zunehmender Dunkelheit drang die Kälte zunächst in Arme und Beine und dann in den ganzen Körper ein. Die Ministerien entließen ihre Armeen von freiwilligen Gefangenen, die die dünne

Schneeschicht in zähen Schlamm verwandelten. Er hatte den Eindruck, daß schon die gesamte Einwohnerschaft des Landes an ihm vorbeigezogen war, und als er gerade seinen Beobachtungsposten aufgeben wollte, öffnete sich die kleine Tür des Portals. Eine massive Gestalt erschien. Der Mann zögerte kurz auf der Schwelle und mischte sich dann unter die Menge. Er schlug den Mantelkragen hoch und wandte sich zur Karlsbrücke, wobei er einen knappen Steinwurf entfernt an Novacek vorbeiging. Er erkannte den Antiquar mit den Schultern eines Rugbyspielers wieder, der ihm die Werke von Vitruv und Papert gezeigt hatte. Er ließ ihm zwanzig Meter Vorsprung und überquerte in seinem Kielwasser die Moldau. Man konnte nur die Umrisse der Statuen ausmachen, deren schwarze Masse mit dem Himmel verschmolz. Der Buchhändler machte halt und kaufte sich eine Schachtel Zigaretten. Mit dem Schwinden des Tageslichts hatten die Bild- und Souvenirjäger das Viertel verlassen, kein Führer hatte ihnen gesagt, daß gerade zu dieser Stunde, in der das Auge sich noch nicht an das Dunkel der Nacht gewöhnt hat, die Stadt ihre Geheimnisse enthüllt.

Sie stiegen eine schmale Treppe hinauf, die von einer Laterne beleuchtet wurde, die an einer unsichtbaren Mauer befestigt war. Vor einem Barockpalast schlug ein Gitarrespieler die Akkorde von *Strangers in the Night* an und nutzte den Portalvorbau als Resonanzraum. In den Hinterzimmern der Geschäfte an der Nerudagasse zählten die Händler ihre Einnahmen, und weiter oben am Gipfel der Burgrampe überprüften offizielle Persönlichkeiten zum hundertsten Mal die Einzelheiten des Empfangs, den Präsident Havel zu Ehren eines neuen baltischen Staatspräsidenten gab, dessen Namen sich niemand merken konnte. Während sie den Hügel von Malá Strana hinaufstiegen, mußte Novacek mehrere Male stehenbleiben. Wenn die Gassen allzu menschenleer waren, hatte er den Eindruck, daß seine Schritte kilometerweit zu hören waren. Er zwang sich, die schwarze Fläche des Mantels zu fixieren, indem er den Atem anhielt, und für einen Moment erinnerte ihn der Mann vor ihm an eine wandelnde Statue.

Plötzlich ragte am Ende einer Gasse der Veits-Dom vor ihnen auf. Warmes Licht tanzte hinter der Rosette von Kysela und fiel auf die Szenen der Erschaffung der Welt, die Motive der Glasfenster. Der Buchhändler ging über den Vorplatz und stieg einige Stufen hinauf, die zu drei gotischen Portalen führten, ohne den Bettler zu beachten, der eine Hand ausstreckte, während er die andere wie eine Muschel auf sein Herz legte. Novacek gab ihm zwanzig Kronen, als er durch das Mosaik-Triptychon ging. Sein Pilotfisch blieb kurz an dem zentralen Weihwassergefäß stehen. Eine kurze Verbeugung des Oberkörpers, eine schnelle Bewegung, um das Kreuz zu schlagen, ein Blick auf das Kreuz, dann ging er in Richtung Triforium und an der Porträtgalerie entlang. Novacek bewegte sich wie alle reuigen Sünder mit gesenktem Kopf durch das Kirchenschiff. Er ging selten in Kirchen, sie waren in seiner Erinnerung mit dem Verschwinden von geliebten Wesen verbunden. Er brauchte nur die Augen zu schließen, um eine Gedenkstätte zu sehen, die beeindruckender als jede noch so große Kathedrale war. Der Buchhändler drehte sich um und sah in die von Mucha ausgestattete Kapelle. Dann wandte er sich nach rechts und ging um den Hauptaltar herum. Als er in die Nähe der Gräber der Könige der Přemysliden-Dynastie kam, verlangsamte er den Schritt. Hinter einer Säule verborgen sah Novacek, wie er niederkniete und den Kopf der Bronzefigur des Kardinals Schwarzenberger zuwandte, mit der er zu reden schien. Der Detektiv beugte sich etwas vor, um sein Gesichtsfeld zu erweitern. Im Dämmerlicht hockte ein zweiter Mann, die Unterarme auf die horizontale Schranke eines Betstuhls gestützt. Das Gespräch war nur kurz. Der Unbekannte stand auf und verließ den Buchhändler, ohne ihn eines Blickes zu würdigen. Er war von kleinem Wuchs, in einen dicken Mantel gehüllt, aus dem ein kahler Schädel mit einem grauen Haarkranz herausragte. Er ging durch den Dom, überquerte eine Reihe von kleinen Plätzen und Höfen und gelangte schließlich zur Jiřská-Gasse. Er blieb unter einer Laterne stehen, um seine Schlüssel herauszusuchen, und näherte sich einem blauen Lancia, dessen Türen er mit einer Fernsteuerung öffnete. Der Motor dröhnte und gab das beunruhigende metallische Tickern von sich, das für italienische Maschinen charakteristisch ist. Novacek konnte sich gerade noch die Autonummer notieren, ADC-98-76, als der Oberst nervös in Richtung Schloß davonbrauste.

Novacek hielt ein Taxi an, das gerade wieder losfahren wollte, nachdem es ein Paar vor dem Restaurant am Loretánské-Platz abgesetzt hatte. Sobald der Fahrer bemerkte, daß er einen französischen Fahrgast hatte, schaltete er das Radio aus, in dem Volksmusik lief, und begann die Liste der besten französischen Nationalspieler herunterzubeten, wobei seine Stimme mit den Erschütterungen des schlecht gefederten Autos auf und ab hüpfte.

»Ginola... Cantona... Boli... Platini... Trésor... Fernandez... Tigana... Zidane... Di Meco... Mazzolini... Gnako... Waddle...«

»Aber nein, Waddle nicht! Er hat zwar bei Marseille gespielt, aber er ist Engländer!«

Der Durchbruch

Das Rührei mit geräuchertem Schinken, das Paola für ihn vorbereitet hatte, war noch warm. Während des Essens trank er in kleinen Schlucken ein Bier. Angezogen vom Tanz des Blaulichts der Polizeiwagen, das am Přistav-Bogen auf das Wasser des Flusses fiel, stellte er sich ans Fenster. Kranken- und Abschleppwagen, die wie Spielzeugautos aussahen, fuhren heulend über die Stadionbrücke auf die rechte Flußseite. Zerstreut drückte er die Tasten des Telephons und war überrascht, als er gleich beim ersten Versuch Alains Stimme hörte.

»Mensch, hast du die Rechnung bezahlt?«

»Warum fragst du das?«

»Nur so, Alain... Ich stelle nur fest, daß die Leitung wieder frei ist!«

»Ich möchte ja nicht unhöflich sein, aber ich muß dich darauf hinweisen, daß ich drei Viertel meiner Zeit mit deinen Nachforschungen beschäftigt bin!«

»Reg dich nicht auf. Was hast du in den letzten drei Tagen gewonnen? Ein Tonbandgerät, eine Wagenladung CDs oder ein Dutzend Mini-Stereoanlagen?«

»Ich glaube, ich habe was Neues zu Frédéric Doline. Eigentlich nicht über ihn selbst, sondern über den I.S.P.L, diese internationale Spitzbubenvereinigung. Interessiert dich das?«

Novacek klemmte sich den Notizblock unter den Arm und den Hörer unter das Kinn, um den Tisch freizuräumen, während er sein Gespräch mit Alain fortsetzte.

»Red weiter!«

»Ich konnte in die Datenbank des Französischen Dokumentationszentrums eindringen, zu der es keine öffentliche Zugangsberechtigung gibt. Eine echte Bombe! Youri Setiolov hat 1986 während einer Frankreichreise mehrere Interviews gegeben. Er tat, als ob er zum Umfeld von Gorbatschow gehörte, und hat sich selbst zum ›Kulturbotschafter‹ ernannt. Deshalb war ihm auch immer der Außenminister auf den Fersen... In einem Interview für ›Panorama‹ erklärte er seine Ziele. Das ist wirklich großartig! Ihm zufolge war der Verteidigungsminister dessen, was immer noch Sowjetunion hieß, bereit, ihm einen abgerüsteten Flugzeugträger zur Verfügung zu stellen, den er in einen schwimmenden ›Fantastic Park‹ umwandeln wollte... Sozusagen ein lebendiges Museum mit Ausstellungen, Theateraufführungen, einer Druckerei und Tagungsräumen, das als Botschafter des Friedens und der Kultur um die Welt fahren sollte.«

»Ich habe hier einen Artikel gleichen Kalibers bekommen, der in der Tschechoslowakei erschienen ist. Da war er noch nicht mit Flugzeugträgern beschäftigt, sondern nur mit Autos.«

Alain war beeindruckt.

»Ist in deinem Text auch die Rede von einem André Molovitch?«

»Nein. Wer ist das?«

»Ein Wolf im Schafspelz. Verwaltungschef der Versicherungsgruppe Malesherbes, Leiter einer Reihe von Import-Export-Firmen, Anteile an der Hotelkette Madeleine... Ein großer Fisch aus der Tiefe... Auf ihn hat sich Setiolov in Frankreich gestützt, um die Aktivitäten seines Konsortiums zu entfalten. Und es ist auch interessant, daß Molovitch die Fäden bei der Edition Durchbruch gezogen hat, wo Mitte der achtziger Jahre drei Bücher von Doline erschienen sind... Na?

»Das Problem ist nur, daß er nicht auf der Einladungsliste für das Prager Treffen im Februar 89 steht... Hast du noch mehr über ihn?«

»Außer einer Liste seiner Kinderkrankheiten habe ich alles... Er wurde als Andrej, und nicht als André, im Oktober 1917 in Alma Ata geboren, und seine Eltern gehörten zu denjenigen, die sich 1921 bereichert haben, als Lenin die Neue Ökonomische Politik verkündete... Schon damals, Import-Export... Die Familie hat sich 1926 in einer Wohnung in der Rue Thureau-Dangin niedergelassen, um ihre Zweigstelle zu leiten. Zehn Jahre später, während der Volksfront, haben alle die französische Staatsbürgerschaft angenommen und sind nach Neuilly-sur-Seine umgezogen, wo sie während des Krieges als brave Bürger gelebt haben...«

»Das riecht aber stark nach Geheimdienst!«

»Genau. Um so mehr, als der Dokumentarist darauf hinweist, daß die Wohnung in der Rue Thureau-Dangin Jacques Duclos als Versteck gedient hat, der Nummer zwei der KPF, zu der Zeit, als er mit den Nazis unter dem Deckmantel des Hitler-Stalin-Pakts über das Wiedererscheinen der *Humanité* verhandelte... Kurz vor dem Überfall der Deutschen auf die Sowjetunion ist er in ein Häuschen in Villebon-sur-Yvette umgezogen... Danach hat André Molovitch sich de Gaulle angeschlossen und in allen späteren gaullistischen Parteien mitgemischt! Während des Algerienkriegs saß er im ›Departementsrat der Region Seine‹, aber die Geschichte hat nur eine seiner Taten aufgezeichnet. Im Oktober 1961 schlug er vor, alle ausgedienten alten Flugzeuge mit Muselmanen zu beladen und sie nach Algerien zurückzuschicken.«

»Er war seiner Zeit voraus: das waren die Vorläufer der Charterflüge!«

»Ja, aber er hat noch hinzugefügt: *Leider liegt die Entscheidung, diese Flugzeuge mitten im Flug abzuschießen, nicht in der Macht des ›Departementsrats‹.*«

»Ein reizender Zeitgenosse! Und was treibt er heute?«

»Nichts, zumindest offiziell. Er war Mitglied im Komitee zur Unterstützung der Wiederwahl von François Mitterrand, und im Januar 1992 hat er sich im Alter von vierundsiebzig Jahren von den Geschäften zurückgezogen, nur eine Woche nach dem Ende der Sowjetunion.«

Novacek hatte sich einige Notizen auf der Rückseite des Umschlags gemacht, den er von Osvald bekommen hatte.

»Ich frage mich nur, was ich mit all dem anfangen soll. Was mir helfen würde, Alain, wäre, wenn du einen Blick auf den Katalog der Edition Durchbruch werfen würdest, ich würde gern wissen, welche Autoren Molovitch herausgebracht hat.«

Cordier hatte diese Frage vorausgesehen: er zitierte ihm die Namen von einem Dutzend französischer Schriftsteller, die das Durcheinander der Pariser Literaturszene repräsentierten. Ein ehemaliger Maoist aus der Proletarischen Linken stand neben einem früheren sowjetischen Dissidenten, der jetzt für Großserbien eintrat; der alkoholsüchtige Bruder eines vegetarischen Sängers unterschrieb zusammen mit einem Vordenker der Front National ein antisemitisches Pamphlet, in dem unter anderem stand, daß der Sänger Patrick Bruel von dem jüdischen Schriftsteller Benguigui beeinflußt wurde und daß man nichts gegen die Juden sagen durfte, wenn man nicht dem Terror zu Opfer fallen wollte, den sie ausübten! Dann gab es noch einen abgehalfterten Starreporter, ein Typ, der mit der rechten Hand für die *Humanité* schrieb, und mit der linken für den *Figaro*, und der seine alten Artikel überarbeitet hatte, um noch einen Literaturpreis zu ergattern. Er hatte etwas zu spät gemerkt, daß es kein Lifting für altersschwache Texte gibt. Oben auf dieser allzu fetten Suppe schwamm der Name des Vorsitzenden des Tschechoslowakischen Schriftstellerverbandes für Phantastische Literatur: Karel Bogdan hatte im Oktober 1989 ein Buch bei der Edition

Durchbruch herausgebracht, einen Monat vor der samtenen Revolution. Sein Roman, der erste und letzte der Reihe ›Phantastische Literatur aus dem Osten‹ hatte den Titel *Der Hauptverantwortliche*.

Zirkadianische Rhythmen

Er entschloß sich, Prag zu verlassen. Als er frühmorgens einen Rest Kaffee aufwärmte, rief er in Dobříš an, wo man ihm mitteilte, daß das Schloß in ein Luxushotel umgewandelt worden war. Unter falschem Namen reservierte er ein Zimmer, dann klopfte er mehrfach bei seiner Wirtin, aber Paola war nicht da. Ein Nachbar sagte ihm, sie sei zum Markt gegangen. Novacek schob unter ihrer Tür eine Mitteilung für Osvald durch. Die mit Studenten überfüllte U-Bahn brachte ihn zur Station Dejvická. Er ging über den ehemaligen Lenin-Platz und steuerte auf das Hotel *Diplomat* zu. Das Parkhaus lag rechts neben dem Hotel, hinter den Bushaltestellen. Das windschiefe Kassenhaus war leer. Der Wächter war damit beschäftigt, die Linien zwischen den einzelnen Parkplätzen mit Leuchtfarbe nachzustreichen. Weiter hinten schlachteten drei Typen im trüben Licht einer Taschenlampe einen Porsche aus. Sie sahen zu ihm hinüber und vertieften sich erst wieder in die Geheimnisse des Boxermotors, als der Wächter Novacek am Arm nahm und ihn in das zweite Untergeschoß führte. Er zog eine graue Plane weg, die mehr Flicken als ein Segel nach einer Weltumsegelung hatte, und knöpfte dem Detektiv tausendfünfhundert Kronen ab. Der Volvo sprang sofort an. Als er an der Gebührentafel vorbeifuhr, stellte Novacek fest, daß er für eine Woche soviel wie für drei Monate bezahlt hatte. Er fuhr am Olympiastadion entlang und überquerte die Moldau in südlicher Richtung. Die düsteren, von Le Corbusier inspirierten Vorstädte wichen langsam zurück und machten einer ebenso trostlosen Landschaft Platz. Er verließ ziemlich bald die gradlinige Autobahn nach deutschem Vorbild und fuhr auf einer kleinen Straße weiter, die über sämtliche Dörfer führte. Er legte die Kassette von Dee Dee Bridgewater ein.

Zu einer Unbekannten sagt man ja,
Für einen Blick in der Tiefe der Nacht,
Der weiße Blitz eines Messers leuchtet auf,
Eine Hetzjagd bis zur Atemlosigkeit,
Deine Vergangenheit bringt den Blues in dein Leben
Die Städte sind dunkel
Die Städte sind dunkel
Es ist heiß, es ist traurig, es ist dein Leben...

Über zehn Kilometer mußte er hinter einem Schulbus herfahren, bis dieser endlich abbog. Dann fuhr er am Stacheldrahtzaun einer riesigen Metallfabrik entlang. Müllwagen durchkreuzten schmutzige Alleen zwischen Fabriken, von denen man nur die durchlöcherten Dächer sah. Oben am Himmel gelang es dem Wind nicht, die dichten Rauchwolken zu vertreiben, die aus Batterien von Schornsteinen hervorquollen. Der Winter gewann wieder Oberhand.

Schloß Dobříš lag auf einem kleinen Felshügel am Eingang des gleichnamigen Marktfleckens. Der Volvo überquerte den Platz, fuhr durch ein Portal und hielt auf einem gepflasterten Vorplatz neben einer Bronzestatue, einem Pferd, das von einem Löwen angegriffen wird. Rechts erstreckten sich tadellos gepflegte französische Gärten bis zur gewölbten Mauer einer Orangerie. Daneben stand ein riesiger Springbrunnen. Weiter hinten fielen Rasenflächen sanft zu einem kleinen Ziersee ab. Riesige ockerfarbene Flügel mit einer Unmenge von Fenstern versperrten die Sicht auf die Landschaft auf beiden Seiten der breiten Treppe, die unter einem Balkon lag und mit dorischen Säulen verziert war. Auf der Giebelwand ein Relief, das zweifellos der Schule Molitors entstammte, pausbäckige nackte Kinder mit dicken Hintern, die sich zwischen kleinen Stuckwolken tummelten. Novacek nahm seine Tasche aus dem Kofferraum und erklomm die Stufen. Einige ältere Herrschaften nahmen im Salon ihren Aperitif ein. Er ging zur Rezeption, die von einer Doppeltreppe eingerahmt war, und gab der Empfangsdame seine Karte.

»Ich habe heute morgen telephonisch ein Zimmer bestellt.«

Sie entzifferte seine Visitenkarte und sah in das Anmeldebuch.

»Monsieur Paul Grindel... Richtig... Wir haben Ihnen ein Appartement im ersten Stock reserviert, in dem Flügel, in dem Voltaire wohnte, als er in Dobříš war.«

Sie gab den Schlüssel einem Hausdiener, der sich des Gepäcks annahm. Novacek ließ ihn vorausgehen. Er beugte sich zur Empfangsdame hinüber.

»Ich bin Historiker, und selbst im Urlaub kann ich nicht umhin, Forschungen anzustellen. Ich interessiere mich besonders für die Spuren von Franzosen, die in Böhmen waren. Glauben Sie, daß es hier jemanden gibt, der sein Wissen mit mir teilen würde?«

»Ich werde Frau Branik bitten, nach dem Essen an ihren Tisch zu kommen. Sie ist die Direktorin und arbeitet schon seit vielen Jahren in Dobříš.«

Der Laufbursche hieß Jan und war offensichtlich genauso alt wie sein Gast. Er ließ ihn in ein Zimmer von etwa fünfzig Quadratmetern eintreten, das im Stil Louis-quinze eingerichtet war. Das Prunkstück war ein Bett mit einem straff gespannten Baldachin aus durchsichtigen Tüchern. Auf dem Kamin stand eine Pendeluhr aus Goldbronze, und Jan zeigte ihm, wie man sie anhalten konnte, wenn ihr Ticken beim Schlafen störte. Vervollständigt wurde die Einrichtung durch mehrere Gemälde. Eines von ihnen, laut Jan von unschätzbarem Wert, war 1747 von Girolamo Battoni gemalt worden und zeigte die damaligen Besitzer des Schlosses, Joséphine und Henry-Paul Mannsfeld. Novacek trennte sich von einem Hundertkronenschein. Bevor er in den Speisesaal hinunterging, nahm er eine Dusche. Ein Fresko mit den vieř Jahreszeiten der Jagd bedeckte die Wände und die Decke war von Engeln und Musen bevölkert. Ein Oberkellner wollte ihn mitten ins Restaurant setzen, unter einen Kronleuchter, der fast den Umfang einer Montgolfiere hatte, aber mit einem Lächeln erklärte er sich bereit, ihm einen Tisch in der Nähe der

Fenster zuzuweisen, die einen Ausblick auf den Park erlaubten. In kurzer Zeit waren alle Plätze besetzt. Nach einer Forellenpastete à la Robytka und Fasanenbrust in Böhmerwein ließ Novacek sich gerade, die letzte Gauloise zwischen den Lippen, in eine sanfte Apathie gleiten, als eine schöne Frau von etwa fünfzig Jahren an seinen Tisch trat.

»Sie sind sicher Monsieur Paul Grindel?«

Er setzte sich auf.

»Ja...«

Sie verbeugte sich leicht.

»Sie wollten mich sprechen... Ich bin Alina Branik, die Direktorin von Schloß Dobříš. Ich möchte Sie willkommen heißen und hoffe, daß alles zu Ihrer Zufriedenheit ist. Gefällt Ihnen Ihr Zimmer?«

Er bat sie, gegenüber Platz zu nehmen, und drückte mit Bedauern seine Zigarette in einem Kristallaschenbecher aus.

»Ich danke Ihnen, es ist wirklich paradiesisch hier!«

Ein Kellner servierte den Kaffee.

»Man hat mir gesagt, daß Sie Historiker sind. Es kommen viele Forscher in unsere Bibliothek, die, wie Sie sicherlich wissen, weltweit die bedeutendsten Dokumente über die Dynastie der Přemysliden enthält.«

Mit der Zuckerzange nahm er ein Stück Zucker.

»Um ganz offen zu sein, Madame Branik, ich bin nicht sehr vertraut mit Ottokar I. und seinen Nachkommen. Ich interessiere mich vor allem für französische Literaturgeschichte, und dieses Gebäude hat anscheinend sehr viele französische Schriftsteller beherbergt.«

»In zweieinhalb Jahrhunderten mehrere Dutzend... Voltaire natürlich, aber auch Lamartine, Stendhal, Théophile Gautier, George Sand und Paul Morand... Fast alle haben einige Seiten hinterlassen, die sie hier während ihres Aufenthaltes geschrieben haben.«

»Ich würde sie mir sehr gern ansehen. Aber ich würde auch gern sehen, was die Schriftsteller der Gegenwart betrifft.«

»Bei uns waren Martin Andersen Nexö, Jorge Amado, Pablo Neruda, William Saroyan, Nicolás Guillén...«

»Ich habe mich falsch ausgedrückt: heutige Schriftsteller und Franzosen.«

Alina Branik verzog das Gesicht und setzte ihre Tasse ab. Er wußte nicht, ob seine Bitte oder der Kaffeesatz in ihrer Tasse sie verärgert hatte.

»Ich fürchte, außer Louis Aragon, der 1962 zum Tschechoslowakischen Schriftstellerkongreß kam und sich auch in diesem Saal aufhielt, werden Sie nichts finden, was der Mühe wert ist, von der Geschichte festgehalten zu werden, Monsieur Grindel.«

Sie erhob sich und Novacek tat es ihr nach.

»Wenn Sie eine Viertelstunde Zeit haben, glaube ich, daß Sie nicht bedauern werden, hierher gekommen zu sein. Ich möchte Ihnen etwas zeigen, auf das wir in Dobříš besonders stolz sind.«

Er begleitete sie in den Park, und sie gingen an mächtigen Laubbäumen entlang zur Orangerie. Sie betraten das Glashaus, und der leichte Humusgeruch erinnerte ihn an den Wintergarten, der an das Büro von Ladislas Mirotek in der obersten Etage des *Forum*-Hotels grenzte.

»Unser Land ist zu allen Zeiten eine Zuflucht für Dichter und Denker gewesen.«

Novacek beschränkte sich darauf, bei »zu allen Zeiten« zu hüsteln. Er wandte sich nach vorn und wäre fast gegen den Ast eines Baumes gestoßen, der im Weg stand. Alina Branik bedachte ihn mit einem Lächeln. Sie kamen bei einer Sykomore in der Mitte des Gewächshauses an, wo die Gärtner ein Rondell von ungefähr zehn Metern Durchmesser angelegt hatten. Über ein erdfarben gestrichenes Brett konnte man in die Mitte gehen. Novacek stellte fest, daß der Kreis mit Hilfe von auseinanderstrebenden Aluminiumregletten in über zwanzig Teile geteilt war und daß in jedem Segment andere Pflanzen wuchsen. Alina Branik drehte sich einmal um sich selbst.

»Wir wiederholen hier ein Experiment des Schweden Carl von Linné über die zirkadianischen Rhythmen.«

Sie bemerkte das verständnislose Stirnrunzeln ihres Gesprächspartners.

»Es handelt sich ganz einfach um einen biologischen Rhythmus mit einer Frequenz von vierundzwanzig Stunden. Solche Rhythmen können bei allen Lebewesen beobachtet werden, aber am besten kann man sie an einer unbeweglichen Materie wie den Blumen studieren.«

»Ich verbringe mein ganzes Leben in Bibliotheken, und es ist schon viel, wenn ich den Wechsel der Jahreszeiten mitkriege. Bitten Sie mich bloß nicht, die Unterschiede zwischen einem Veilchen und einem Stiefmütterchen aufzuzählen!«

»Carl von Linné war ein Visionär: er hat erkannt, daß es in der Natur eine ganze Reihe von biologischen Uhren gibt, die hauptsächlich nach dem Wechsel von Tag und Nacht funktionieren. Er hat die Pflanzenwelt in mehrere Kategorien eingeteilt: tagsüber lang und nachts kurz, wie die Lilien, die Maiglöckchen, das rote Sternkraut oder tagsüber kurz und nachts lang, wie die Chrysanthemen oder der Topinambur. Davon ausgehend hat er diese Blumenuhr entworfen.«

Novacek machte große Augen.

»Und wieso ist das eine Uhr?«

»Ursprünglich gab es nur zwölf Blumenarten, aber wir haben das System verbessert und die Zahl verdoppelt. Jede Art hat ihre eigenen Charakteristiken. Sie öffnet und schließt sich zu einer ganz bestimmten Stunde. Das Hexenkraut öffnet sich am Morgen zwischen sieben und acht Uhr und schließt sich gegen siebzehn Uhr. Die Schlüsselblume öffnet sich nicht vor neun und schließt sich um achtzehn Uhr. Kein Rhythmus entspricht dem anderen. Lotosblume, Gauchheil, Johanniskraut, Nelke, Ringelblume... Seit Linné, seit 1765 ist diese Uhr nirgendwo auf der Welt nachgebildet worden.«

Novacek deutete auf seine Swatch.

»Vielleicht hat man so etwas praktischer gefunden...«

Auf der Spur

Novacek verbrachte den größten Teil des Tages damit, sich mit der Umgebung vertraut zu machen und auf die freundlichen Willkommensgrüße von älteren Paaren zu antworten, die sich in den Alleen des Schloßgartens sonnten. Das Dorf Dobříš war für den Durchreisenden nicht besonders interessant. Ein Marktplatz, die Endstation einer Buslinie und eine Bar, in der man seinen Vorrat an Zahnpasta oder Rasierklingen auffüllen konnte. Am Abend ging er in die Bibliothek im zweiten Stock. Alina Branik war bereits vor ihm gekommen: sie hatte Dokumente herausgelegt, die sich auf die Besuche verschiedener französischer Denker bezogen. Der Konservator, ein schweigsamer kleiner Mann, dessen Haut wie ein Bucheinband aussah, hieß Michal Botolan. Novacek tat, als ob er sich für die Auswahl interessierte. Begeistert blätterte er in Stapeln von Briefen und Notizen, die der Königliche Architekt und Leiter der Pariser Gobelinmanufaktur Jules Robert de Cotte hinterlassen hatte, der Mitte des achtzehnten Jahrhunderts Pläne zum Wiederaufbau von Dobříš gezeichnet hatte. Ein zweites Dossier gleichen Umfangs enthielt Beiträge seines Mitarbeiters Giovanni Niccolo Servandoni, einem Florentiner, der mit Hilfe des Königs Franzose geworden war. Er verdarb sich die Augen an den Manuskripten von Voltaire, bis er auf einen Gedichtentwurf von Aragon aus dem Jahre 1962 stieß:

Im verlassenen Hradschin ist ~~die Düsternis~~ der Mond ohne Rivalen
Er ~~umreißt~~ malt auf der Brücke die leichenblasse Trauer der Statuen
Das Radio hat heute abend von Nezval gesprochen
~~Es hat gesagt~~ Um zu sagen, daß er sich umgebracht hat

~~Reim~~ Strophe, die von der Hand ~~rhythmisiert~~ akzentuiert wird, oh jenseitige Strophe
Woher kommt der düstere Schleier über der Karlsbrücke
~~Zeit~~ Wolke, die vertrieben wird ~~und die der~~ von einem Windstoß
Ich ~~erhebe~~ öffne meine ~~Stimme~~ Brust wie der Himmel

Der Bibliothekar beugte sich über seine Schulter.

»Wir besitzen eine französische Ausgabe dieses Gedichtes, das als Hommage an Vitězslav Nezval geschrieben wurde, und auch den Vortrag, den Louis Aragon an der Karlsuniversität zum Thema Realismus in der Literatur gehalten hat. Ich kann das für Sie bis morgen früh heraussuchen, Monsieur Grindel.«

»Vielen Dank, ich kenne den Text. Ich würde lieber neuere Dokumente einsehen. Man hat mir von einem Kongreß von Schriftstellern des Phantastischen Romans im Jahre 1989 erzählt. Es gibt doch bestimmt etwas zu diesem Thema, oder?«

Die bittere Miene, die er beim Wort »Roman« zog, wurde beim Wort »phantastisch« noch stärker.

»Ich habe in der Kartei nichts darüber gefunden. Wir haben nur aufgehoben, was von historischem oder literarischem Interesse ist. Alles andere wurde nach Prag ins Nationalarchiv geschickt.«

Novacek wandte sich zu ihm hin.

»Können Sie mir vielleicht sagen, welchen Weg ich da einschlagen muß?«

»Es ist im Moment unmöglich, sich dort zurechtzufinden. Man muß Geduld haben. Es hat in der letzten Zeit zu viele Umwälzungen gegeben...«

Am Abend aß er nur eine Nudelsuppe, die er eilig am Fenster herunterschlang. Auf dem Weg in sein Zimmer nahm er von der Bar eine Flasche Bier mit. Im Fernseher des jungen Paares im Nebenzimmer liefen die Nachrichten. Das Echo serbischer Schüsse auf die mohammedanischen Enklaven drang durch die Wand. Er setzte sich in den Sessel, um nachzudenken, während er an seinem Pilsener nippte. Als er den Kopf zurücklegte und die letzten Tropfen über die Zunge laufen ließ, sah er, daß einer der Gipsengel im Stuck der Decke ihm zuzwinkerte. Er stellte die Flasche ab, sprang auf das Bett und kletterte von da auf das Kopfende. Er hob die Hand. Mit dem Finger zeichnete er die Konturen der Figur nach. Eine leere Höhle mit dem Durchmesser eines kleinen Geldstücks. Er drückte auf die Zierleisten neben der Figur. Eine der Leisten ließ sich eindrücken. Er riß sie ab und entdeckte eine Kabelführung, aus der man das Kabel entfernt hatte. Er folgte der Leitung, indem er die Verzierungen des Voltaire-Zimmers abklopfte und kam zu dem Schluß, daß das Zimmer noch vor kurzem von drei kleinen Kameras überwacht worden war. Der Kabelschacht führte zu einer Rosette und verschwand in Richtung Flur in der Wand. Er wartete, bis sich die anderen Gäste schlafen gelegt hatten, und setzte die Untersuchung außerhalb seines Zimmer fort. Die Drähte kamen aus verschiedenen Zimmern des Stockwerks und führten zu einem Wandschrank, den er mit seinem Zündschlüssel öffnete. Er machte sein Feuerzeug an und schloß aus den Spuren von vier Schrauben in der Holzwand des Elektrozählers, daß hier ein Relais gehangen hatte. Auf der Suche nach weiteren Spuren trat er einen Schritt zurück und stieß mit jemandem zusammen. Er drehte sich um. Jan, der Hausdiener, der bei seiner Ankunft in Dobříš sein Gepäck getragen hatte, sah ihn spöttisch an.

»Haben Sie Probleme mit dem Licht, Monsieur Grindel?«

Novacek deutete auf die Stelle, wo das Relais gehangen hatte.

»Kein Ton und kein Bild mehr! Ich kann mir allein weiterhelfen, wenn du mir sagst, wo die Schaltzentrale ist.«

Jan schloß die Tür des Wandschranks und schob ihn in sein Zimmer zurück.

»Ich weiß nicht, was Sie suchen, aber hier werden Sie nichts mehr finden. Vor drei Jahren haben sie alles ausgebaut. Ich habe damals gerade angefangen, in Dobříš zu arbeiten.«

»Wer sind ›sie‹?«

»Leute in Zivil, aber man brauchte nicht besonders schlau sein, um zu merken, daß das Bullen von der neuen Geheimpolizei waren. Der Unterschied zur alten bestand darin, daß sie ›Entschuldigung‹ sagten, wenn sie einen über den Haufen rannten. Sie haben die ganze Anlage und den größten Teil der Tonband- und Videokassetten mitgenommen.«

Novacek runzelte die Stirn.

»Du hast gesagt, ›den größten Teil‹?«

»Ja...«

»Weißt du, wo der Rest ist?«

Er rieb Daumen- und Zeigefinger aneinander, ein Zeichen, das selbst ein Blinder versteht. Novacek zog seine Brieftasche. Sie einigten sich auf tausend Kronen.

»Ich habe gesehen, wie die Direktorin sie nach ihrer Abfahrt unter der Blumenuhr in der Orangerie vergraben hat.«

»An welcher Stelle genau?«

»Zwischen zehn und halbelf.«

Er gab ihm weitere hundert Kronen und Osvalds Visitenkarte.

»Ruf diese Nummer an, wenn mir irgend etwas zustößt.«

Die Auswahl

Der nächtliche Himmel war klar. Fahles Mondlicht umgab die steinernen Helden im Park. Novacek ging um die Herkules-Statue herum, während er die verschlafene Fassade des Schlosses im Auge behielt. Ab und zu strich der Lichtstrahl eines Scheinwerfers über die Äste der Bäume oder reflektierte sich tanzend auf den Fensterreihen. Hin und her gerissen entschied er sich, über die von Trauerweiden gesäumte Allee zu laufen, die zur Orangerie führte. Ein Scherengitter, schwarz vor Fett, versperrte den Eingang des Gewächshauses. Er ging an der Eisen- und Glaskonstruktion entlang und fand schließlich einen Weg, auf dem er hineinkommen konnte. Über eine Mauer konnte er auf das Dach des Heizraums steigen, und von da eine halb offenstehende Luke erreichen. Während er hinaufkletterte, zeichnete sich am Himmel seine Silhouette ab. Er rutschte an einer lauwarmen Leitung herunter und landete schließlich auf einem Humushaufen. Einige aus dem Schlaf aufgeschreckte Vögel flatterten im Glashaus umher und stießen mit lauten Warnrufen an die Glaswände. Er wartete, bis es wieder ruhig wurde, und ging zur Blumenuhr. Er durchquerte ein Karree mit asiatischen Obstbäumen, das von Robinien und Eschenschößlingen umgrenzt wurde, ließ den

Froschteich mit seinen Wasserpflanzen links liegen und ging auf die Sykomore zu. Alle Pflanzen schienen zu schlafen.

Novacek zählte die Aluminiumregletten, um die Sektoren des Kreises zu finden, die die Zeit zwischen zehn Uhr und halbelf symbolisierten. Er begann, einige Blumen herauszureißen – einer kleinen, in den Boden gesteckten Tafel zufolge *anthericum lilagro* (Graslilie) – und kniete sich nieder, um besser graben zu können. Ihm wurde schnell klar, daß er andere Werkzeuge als seine nackten Hände brauchte. Mit einem Tontopf ging es besser. Die erste Schicht war nur locker aufgeschüttet, dann war die Erde festgestampft. Als er ungefähr dreißig Zentimeter tief gegraben hatte, stieß er auf einen Plastikbeutel, und kaum eine Viertelstunde später legte er die Oberfläche eines Samsonite-Koffers frei, dessen Schlösser sich mit einer Eisenstange aufbrechen ließen. Er war bis zum Rand mit sorgfältig beschrifteten Ton- und Videokassetten gefüllt. Einige Namen auf den kleinen Etiketten waren ihm bekannt. Ein österreichischer Schriftsteller, ein deutscher Philosoph, ein französischer Dichter, ein schwedischer Romancier... Frédéric Doline war in beiden Abteilungen vertreten: es gab zwei Tonkassetten und ein Videoband von ihm. Novacek ließ sie in seinen Taschen verschwinden.

Er brach eine Seitentür auf. Eine langgestreckte Wolke, die wie eine Messerklinge aussah, teilte den Mond in zwei gleiche Teile. In der zweiten Etage des Schlosses ging die Flurbeleuchtung an. Er wartete, bis das Licht wieder erlosch und schlich nach rechts auf die Triton-Statue zu, die neben dem Parkplatz stand. Er setzte sich ans Steuer des Volvo, schaltete die Zündung ein und legte die erste Kassette ein. Zunächst gab es undefinierbare Geräusche, das Scharren von Stühlen auf den Bodenkacheln, dann sprach ein Mann, wahrscheinlich Karel Bogdan, der Präsident des T.S.P.L., einige Willkommensworte in Englisch mit starkem tschechischen Akzent.

»Ich möchte Ihnen noch einmal danken, daß Sie in einer Zeit in die Tschechoslowakei gekommen sind, wo wir von allen Seiten angegriffen werden. Als wir dieses Treffen organisiert haben, war es unser einziges Ziel, die Zusammenarbeit zwischen den unterschiedlichen Kulturen zu fördern und Bande der Freundschaft zwischen allen Schriftstellern der Phantastischen Literatur auf der ganzen Welt zu knüpfen. Dennoch muß ich Sie darüber informieren, daß einige unserer amerikanischen Kollegen uns ein Telegramm geschickt haben, in dem sie ihrer Sorge über das Schicksal von Václav Havel zum Ausdruck bringen und in dem sie uns bitten, daß wir uns an die Regierung wenden, um seine Freilassung zu fordern. Ich bin nicht der Meinung...«

Als nächster ergriff Frédéric Doline das Wort, in derselben Sprache, die er allerdings vollkommen beherrschte.

»Ich stimme völlig mit dem überein, was unser Freund Karel soeben gesagt hat. Wir dürfen dem Druck von außen nicht nachgeben. Das ist nicht die Aufgabe von Schriftstellern. Ich bin überzeugt, daß wir sehr viel mehr Erfolg haben werden, wenn wir diskret vorgehen. Lärm und große Gesten sind eher hinderlich und tragen nicht zur Lösung der Probleme bei!«

Dann war ein deutscher Intellektueller dran, der seinen Standpunkt erläutern mußte.

»Gestern abend, nach dem Empfang in der Mexikanischen Botschaft, wartete ich auf Dietrich Manterlé, der mich hierher, nach Dobříš, bringen sollte. Ich habe mich auf der Straße mit einem etwa fünfzigjährigen Tschechen unterhalten. Ich habe ihn gefragt, was er von der polizeilichen Überwachung hält. Und er hat mir geantwortet: ›Machen Sie sich darum keine Sorgen, die machen nur ihre Arbeit, Sie, als Ausländer haben damit nichts zu tun‹... Was Václav Havel betrifft, habe ich die gleiche Position wie dieser Tscheche. Wenn ich wieder in München bin, werde ich einen Brief an Karel schreiben, um ihm für seine Gastfreundschaft zu danken, und einen weiteren an den Präsidenten der ČSSR, um ihn um die Begnadigung von Václav Havel zu bitten.«

Nach Klaus Fleischung erklang die Stimme von Youri Setiolov, dem Gründer des Internationalen Schriftstellerverbandes für Phantastische Literatur.

»Ich möchte folgendes vorschlagen, um auf die demokratische und humanitäre Sorge unserer amerikanischen Freunde zu antworten: wir könnten uns zum Beispiel auf eine Erklärung einigen, die um Gnade für diesen Schriftsteller bittet, und ich würde es übernehmen, sie nächste Woche, wenn ich wieder in Moskau bin, der Öffentlichkeit zu übergeben. Ich glaube, daß diese Vorgehensweise einen positiven Einfluß auf die verantwortlichen tschechoslowakischen Politiker ausübt...«

Nach einigen zustimmenden Worten von Karel Bogdan griff Frédéric Doline wieder zum Mikro.

»Ich möchte mich diesem Vorschlag anschließen, obwohl ich, wie Klaus Fleischung, der Meinung bin, daß die Tschechoslowaken dieses Problem selbst lösen sollten! Ein Prager Historiker hat mir erklärt, was am 16. Januar geschehen ist, die Niederlegung dieser Blumen auf dem Wenzelsplatz. So etwas darf wirklich nicht mit neun Monaten Gefängnis bestraft werden!«

Er wurde von dem österreichischen Vertreter, Dietrich Manterlé, unterstützt.

»Das gilt um so mehr, als man so viel Theater um diesen Václav Havel macht! Um sich Schriftsteller nennen zu können, sollte man zumindest im eigenen Land etwas veröffentlicht haben!«

Er wollte gerade die zweite Kassette einlegen, als die Wagentür aufgerissen wurde. Er hatte nicht einmal die Zeit, den Kopf zu wenden, als er schon einen kalten Revolverlauf an seiner Wange spürte. Gleichzeitig öffnete sich die andere Vordertür. Er drehte die Augen nach rechts und sah das Gesicht der Direktorin von Schloß Dobříš, Alina Branik. Sie schnappte sich die Kassetten.

»Sie sind wirklich zu neugierig, Monsieur Grindel! Wenn ich Sie weiterhin so nennen soll?«

Als der Druck ein wenig nachließ, blickte Novacek nach links. Er erkannte den Lodenmann wieder, den Ladislas Mirotek als einen gewissen Pokorne identifiziert hatte. Der Killer setzte sich hinten in den Volvo. Alina Branik deutete auf das Torgitter des Parks.

»Sie werden den Schloßbereich verlassen, ohne die Scheinwerfer einzuschalten, und auf dem Platz nach rechts fahren. Ich rate

Ihnen, keine Dummheiten zu machen: Wir haben nicht die Gewohnheit, unnötige Risiken einzugehen!«

Er hielt sich an die Anweisungen und machte das Abblendlicht erst an, als sie die Dorfgrenzen hinter sich hatten.

»Warum interessieren Sie sich so sehr für Frédéric Doline? Er war doch wirklich nur ein drittklassiger Schriftsteller!«

Er fuhr auf einen Feldweg, der durch zwei Hecken führte. Die Waffe wurde in seinen Nacken gedrückt.

»Ich könnte Ihnen dieselbe Frage stellen. Sie haben ihn ja 1989 eingeladen. Er muß doch zu etwas gut gewesen sein!«

Sie stimmte ihm mit einer Kopfbewegung zu.

»Stimmt, in den sechziger Jahren waren wir etwas wählerischer. Alle großen Namen der Weltliteratur pilgerten in den Osten... Nach dem Einmarsch in Afghanistan und dem Ausnahmezustand in Polen wollte keiner mehr die Fahrkarte haben! Da unsere Regierung zeigen wollte, daß sie nicht isoliert war, haben wir alle möglichen Dolines eingeladen... Es war uns gleich, ob sie in ihrem Land unbekannt waren, Hauptsache, wir konnten dem tschechoslowakischen Volk zeigen, daß die westlichen Intellektuellen uns noch unterstützten.«

Die Scheinwerfer des Volvo fielen auf einen verlassenen Bauernhof.

»Und was haben Sie ihnen dafür gegeben?«

»Fahren Sie in die Scheune... Wir haben ihnen nicht viel gegeben: Nichts ist leichter, als einem Schriftsteller einzureden, er sei genial. Vor allem, wenn er der Meinung ist, daß er von seinen Landsleuten nicht richtig gewürdigt wird. Er wird völlig blind... Wir behandelten sie wie Minister, in Dobříš oder anderswo, und die Schriftstellerverbände unserer verschiedenen Länder ließen ihre Bücher in Russisch, Ungarisch, Bulgarisch, Kubanisch, Polnisch, Tschechisch oder Vietnamesisch übersetzen. Man brauchte sie nicht einmal bezahlen, die Befriedigung ihrer Eitelkeit genügte ihnen!«

Pokorne stand wieder neben der Tür, öffnete sie und packte Novacek am Kragen seines Mantels. Er befahl ihm, einen Spaten zu nehmen und neben einer alten Jauchegrube ein Loch zu graben. Das Eisen des Werkzeugs drang in den hartgefrorenen Boden ein. Pokorne hielt sich auf Distanz, gegen das Gerippe eines Traktors gelehnt, eine Zigarette zwischen den Lippen, während Aline den Volvo wendete. Novacek täuschte Erschöpfung vor, um Zeit zu gewinnen. Er berechnete die Chancen aller Fluchtversuche, die ihm einfielen, aber keine hatte auch nur eine zehnprozentige Erfolgsaussicht... Eine Ladung Erde auf Pokorne werfen, ihn mit dem Spaten angreifen, mit gesenktem Kopf durch die verrottete Schuppenwand springen... Er glaubte, eine Gelegenheit zu haben, wenn eine größere Wolke sich zwischen das kleine Stück Böhmen, auf dem er stand, und den Mond schob. Die Lampe, die plötzlich in der freien Hand Pokornes brannte, machte auch diese Hoffnung zunichte.

Novacek begann zu resignieren und fragte sich, wie stark der Schmerz zwischen dem Moment, in dem die Kugel in seinen Nacken eindrang, und dem, in dem die Information im Gehirn ankam, sein würde. Das war vielleicht nur der Bruchteil einer Sekunde, aber dieser Bruchteil machte einen verdammten Unterschied! Die Grube war nun einen Meter tief, und er mußte tief durchatmen, um die Erde nach oben zu werfen. Pokorne war näher gekommen. Die Ladung landete zehn Zentimeter vor seinen Schuhen. Er hielt die Tiefe für ausreichend, aber gerade in dem Moment, als er seinen Arm in Richtung Novacek hob, drangen zwei starke Scheinwerfer durch das Dunkel. Der Killer drehte sich unwillkürlich um. Novacek nutzte die Gelegenheit und schmetterte ihm den Spaten gegen die Knie. Mit einem Schmerzensschrei fiel er hin und kroch zu seiner Waffe, die ihm aus der Hand gefallen war. Osvalds Schuh zerquetschte seine Finger, als sie nur noch zwei Zentimeter vom Revolvergriff entfernt waren. Novacek hievte sich auf den Rand seines Grabes. Er hatte nicht die Kraft aufzustehen und hob den Kopf zu Osvald.

»Eine Minute später hättest du ihn in flagranti ertappt!«

»Ich habe getan, was ich konnte. Ich habe einen anonymen Anruf aus Schloß Dobříš bekommen. Es war allerdings nicht einfach, herauszubekommen, wohin sie dich gebracht haben.«

Während Osvald Novacek half, sich aufzurichten, traten die beiden Männer, die Alina Branik überwältigt hatten, näher und legten Pokorne Handschellen an.

»Im Auto wartet jemand auf dich...«

Ein Ziel im Leben

Ladislas Mirotek saß auf dem Rücksitz des Mercedes. Er beugte sich aus dem Fenster und bat Novacek, neben ihm Platz zu nehmen.

»Das hast du also bei uns gesucht?«

Novacek legte die Kassetten auf die lederbezogene Armstütze.

»Vielleicht... Ich weiß niemals genau, hinter was ich her bin.«

»Jedenfalls bist du hartnäckig! Hier sagt man, daß ein Mann, der von der Wahrheit berührt wird, eine ganze Division entwaffnen kann!«

Er klopfte auf die Kassetten.

»Haben sie deinen Schriftsteller zum Singen gebracht?«

Hinter dem Wagen gingen Pokorne und Alina vorbei, begleitet von Polizisten in Zivil, die sie zu einem Gefangenentransporter stießen.

»Eigentlich nicht. Ich bin überzeugt, daß sie ihn vergessen hatten und daß Doline selbst sich in den Rachen des Wolfes gestürzt hat.«

»Warum?«

»Seine Bücher begannen im Westen einen phänomenalen Erfolg zu haben, und er konnte nicht mehr ruhig schlafen, wenn er an all seine Kompromisse mit dem I.S.P.L. dachte. Er wollte seine Vergangenheit zurückkaufen, ohne zu begreifen, daß er allein schon durch seine Gegenwart wie mit dem Finger auf ehemalige Bullen zeigte, die sich ein neues Outfit als Demokraten zugelegt haben.«

Ladislas nahm ihn bei der Schulter und zog ihn an sich.

»Jetzt ist es an uns, zu sehen. Hier...«

Er beugte vor und hob ein schweres Dossier hoch, das zu seinen Füßen lag.

»Was ist das?«

»Die gesamte Geschichte deines Vaters. Bis zu seiner Flucht, 1952...«

Der Wagen setzte sich in Bewegung. Osvald hatte sich inzwischen ans Steuer des Volvo gesetzt. Novacek fühlte, wie ihm Tränen in die Augen stiegen. Der Riese, Bob, die Skopitone, die Grillfeste mit den Spaniern, die Halbstarken in Aubervilliers, die Eingangshalle in Courtillières, der Todesgeruch auf den Fluren des Krankenhauses, die Tränen seiner Mutter... Ungeordnet strömte alles auf ihn ein, wie eine zu lange zurückgehaltene Flut, die alles mit sich fortriß.

»Aber wie? Wie?«

»Stell mir keine Fragen, François. Lies das, wenn du allein bist. Ich kann dir nur sagen, daß du dich seinetwegen nicht zu schämen brauchst. Hör zu. Wir haben uns 1944 kennengelernt, in einer Partisanengruppe. Ich war zwanzig Jahre alt und Jiri zwei oder drei Jahre jünger. Wir haben unser Leben öfter aufs Spiel gesetzt, als uns zukam... Nach dem Sieg über die Nazis waren wir selbstbewußt, und wir dachten, daß es nach diesem Horror unsere Aufgabe sei, dafür zu sorgen, daß alle glücklich werden. Um jeden Preis. Jeder mußte auf seinem Posten eine bestimmte Rolle spielen. Es gab keinen Unterschied zwischen einem Forscher und einer Köchin, zwischen einem Piloten und einem Polizisten... Zunächst ging es nur darum, die Kollaborateure der Nazis zu jagen, dann hat man uns unmerklich dazu gebracht, die Abweichler in unseren eigenen Reihen aufzuspüren... Die Besten von uns wurden zu Verrätern. Unter dem Vorwand, sie hätten Kontakt zu ›trotzkistischen Agenten‹, wurden Leute, die in den Internationalen Brigaden gekämpft hatten, zum Tode verurteilt. Wir haben hingenommen, daß man sie aufhängte... Einige von uns haben sogar applaudiert...«

Seine Stimme wurde brüchig. Er wandte sich ab und versuchte sich zu beruhigen, indem er die vorbeiziehende böhmische Landschaft betrachtete.

»Und warum ist er fortgegangen?«

Mirotek zog das Photo von Roter Stern Prag aus der Tasche, auf dem er zusammen mit Jiri Novacek abgebildet war.

»Wegen dieses Spiels. Das war im März 1952, in einem Vorort von Moskau...«

»In Dserschinskij...«

»Nein, ich kann mich an den Namen des Stadions nicht mehr erinnern. Das war das Endspiel um den Dserschinskij-Pokal, ein Wettbewerb unter allen Fußballmannschaften der Geheimdienste im Ostblock. Wir spielten gegen den Club des KGB, Dynamo Moskau. Sie waren die Favoriten, und man hatte uns extra darauf hingewiesen, daß hohe Persönlichkeiten der sowjetischen Partei dem Spiel zusehen würden. Vielleicht sogar Stalin... Zur Halbzeit stand es immer noch 0:0, ein regelrechtes Wunder... In der letzten Minute, als alle sich schon auf eine Verlängerung einstellten, hat dein Vater den Ball vom rechten Verteidiger bekommen, Anton Bunzl.«

»Der sich 54 umgebracht hat?«

»Genau. Jiri zog über das Spielfeld und schoß aus fünfundzwanzig Metern eine Granate auf das russische Tor ab... Später haben wir erfahren, daß Stalin tatsächlich da war... Als wir wieder in Prag waren, gingen die Schwierigkeiten los, für Bunzl, und vor allem für deinen Vater... Einige Wochen lang war Jiri wie vor den Kopf geschlagen, dann hat er begriffen, wenn dieses Ideal weltweiten Glücks nicht einmal die einfachste Spielregel aushielt, dann war es nicht der Mühe wert, es zu verteidigen. Er hat so getan, als ob er sich beugen würde, aber bei der ersten Gelegenheit, einem Freundschaftsspiel in Berlin, hat er sich abgesetzt, ohne eine Adresse zu hinterlassen.«

Der Mercedes hielt vor Schloß Dobříš. Novacek stieg aus und ging zu seinem Volvo. Osvald lächelte ihm entgegen.

»Was wirst du machen? Bleibst du noch ein paar Tage in Prag?«

»Ich glaube, ich muß zurück nach Hause. Ich packe oben meine Sachen zusammen und fahre solange, bis die Sonne aufgeht... Dann werde ich anhalten und das hier lesen.«

Er hob das Dossier hoch und in diesem Moment entdeckte er den Namen auf dem Umschlag: »Jiri Kolder«. Er runzelte die Stirn, öffnete die Schleife und blätterte die Papiere durch, auf denen überall derselbe Name stand, Jiri Kolder. Er lief zu dem Mercedes, der gerade das Schloß verlassen wollte.

»Was soll das bedeuten? Sie haben das falsche Dossier mitgebracht! Das hier ist von einem gewissen Kolder!«

Ladislas steckte den Kopf durch die Tür.

»Das war der Name deines Vaters, François. Kolder, Jiri Kolder. Ich habe ihm damals die falschen Papiere besorgt. Ich hätte nicht gedacht, daß sie mehr als fünfzig Jahre halten würden... Auf Wiedersehen, François. Viel Glück!«

Der Mercedes verschwand im Dunkel der Nacht.

Ja zu einem Namen

Novacek verließ die Tschechische Republik in Richtung Westen. Hunderte von Lastwagen standen im Wald, und die Fahrer wärmten sich an Holzfeuern. Er stürzte sich in das Labyrinth der deutschen Autobahnen. Je weiter er vorankam, um so mehr bedeckte sich das Land mit Schnee, so daß er im Rückspiegel kaum noch etwas sehen konnte. Kurz vor Frankfurt, als Radio France International in den Kurznachrichten ankündigte, daß der tschechische Präsident eine Umbesetzung der Ministerien vornehmen wollte, nahm er den Fuß vom Gas.

Der Staatssekretär für kulturelle Angelegenheiten, der frühere Dissidenten-Dichter Emil Pospiesil, wurde seiner Funktionen entbunden und verhaftet. Nach Osvald Ostatek von der Zeitung Direkt *war Pospiesil ein Agent der früheren tschechoslowakischen Geheimpolizei.* Direkt *bestätigt auch, daß Pospiesil für die Ermordung eines französischen Schriftstellers verantwortlich ist. Es handelt sich dabei um Frédéric Doline, den Autor des bemerkenswerten Buches* Ernte des Teufels, *von dem es seit mehreren Wochen kein Lebenszeichen mehr gab...*

Gegen acht Uhr abends verließ der Volvo an der Abfahrt La Villette den Boulevard Périphérique. Die Rue de Flandre war seltsam ruhig. Er fuhr am Café der Cordiers vorbei, der Schatten von Alain glitt am Fenster im zweiten Stock vorbei. An der Strassenecke räumte Bob seine Schätze in den Trödelladen. Er hatte nicht die Kraft, anzuhalten.

Als er am Quai einparkte, kam Nadège aus dem Haus. Er lief auf sie zu und schloß sie in die Arme.

»Du hast mir sehr gefehlt, weißt du!«

Sie schloß die Augen und drückte ihn fest an sich. Er zog sie zur Crimée-Brücke und erzählte ihr die traurige Geschichte von Frédéric Doline. Sie blieben vor den Ruinen der Lagerhäuser stehen. Auf dem Graffitti-Ozean, der einen Bauzaun bedeckte, schwamm eine Inschrift: »Diese Mauer wird bald als Buch erscheinen.« Novacek öffnete das Dossier über Jiri. Sie ließ ihn lange reden.

»Bist du ihm böse?«

»Nein. Das war eine andere Welt. Sie hatten Angst vor ihrem eigenen Schatten. Vor ihrem Namen... Sieh mich an: ich weiß nicht einmal, wie ich heiße!«

Mit einer verliebten Geste fuhr sie ihm durchs Haar.

»Ich übrigens auch nicht! Madame Novacek, Madame Kolder? Wie wirst du dich entscheiden?«

Novacek zog sein Notizbuch heraus, riß zwei Seiten heraus und gab Nadège eine davon.

Beide schrieben verdeckt etwas auf ihr Blatt und falteten es mit verschwörerischer Miene zusammen. Sie legten die Zettel auf die steinerne Uferbrüstung, Novacek streckte die Hand aus und wirbelte sie durcheinander.

»Die Ehre ist an dir!«

Die *Atalante* glitt über das Bassin von La Villette, als Nadège zwei Novaceks auseinanderfaltete.

Die Klosprüche und Graffiti, die von Novacek entdeckt werden, stehen neben tausend anderen in den drei Bänden Les murs se marrent *von Régis Hauser, die bei den Editions Manya erschienen sind.*

Nachwort

> *»Lesen und Schreiben sind immer noch ein Ort des Widerstands.«*
> **D. D.**

François Novacek ist nicht nur der Privatdetektiv von *Das Schloß bei Prag*, sondern auch der Held einer Krimiserie, die im Herbst 1994 im französischen Fernsehen lief. Der »Prag«-Roman ist allerdings nicht die Vorlage für die Verfilmungen. Dagegen stammt der im Buch zitierte Text des Songs »Villes de Nuit« von Dee Dee Bridgewater aus dem Soundtrack der Fernsehserie.

Diese Mischung aus Fiktion und Realität ist charakteristisch für Daeninckx, der in gut zehn Jahren an die zwanzig Bücher mit Kriminalromanen und Kurzgeschichten veröffentlicht hat, die sich immer auf bestimmte soziale und geschichtliche Situationen beziehen.

Didier Daeninckx, geboren 1949, ist in einer Kleinstadt an einer nördlichen Ausfallstraße von Paris zur Welt gekommen und lebt noch heute in Aubervilliers. Soweit seine Geschichten in Paris spielen, ist immer eine gewisse Abneigung gegenüber den vornehmen Stadtteilen wie Neuilly, Auteuil oder Passy spürbar. Schließlich war ja auch der eine Großvater Anarchist und der andere Kommunist. Obwohl er, als Arbeitersohn, eigentlich Lehrer werden sollte, ging er mit 16 von der Schule ab (»Ich konnte die stupide Autorität nicht mehr ertragen.«), um Drucker zu werden. Durch den technischen Fortschritt im Druckbereich arbeitslos geworden, machte er sich 1977 nach einiger Zeit des Herumhängens daran, seinen ersten Roman zu schreiben (»Wenn ich nicht arbeitslos gewesen wäre, hätte ich wahrscheinlich niemals zu schreiben begonnen.«). *Mort au premier tour*[1] wurde allerdings von neun Verlagen abgelehnt und erst 1982 veröffentlicht. In der Zwischenzeit arbeitete er als Lokalreporter, allerdings nicht, wie Novacek, bei der *Libération*.

Schon als Reporter haben ihn vornehmlich die Hintergründe aktueller Ereignisse interessiert. So konnte er zum Beispiel feststellen, daß der 1935 gewählte kommunistische Bürgermeister eines Ortes, der zu seinem Arbeitsbereich gehörte, aus dem Gedächtnis getilgt wurde, weil er damals gegen den Hitler-Stalin-Pakt war. Außenseiter und Aussteiger spielen auch in seinen Geschichten immer eine große Rolle. Ob es sich um den Ersten Weltkrieg (*Le Der de Der*[2], 1984), den Algerienkrieg (*Meutres pour mémoires*[3], 1983) oder das Fernsehen (*Zapping*, 1992) handelt, immer geht es um einen individuellen Blick auf zeitgeschichtliche Ereignisse, der nicht mit den offiziellen Versionen übereinstimmt.

So sind seine Bücher eine Mischung aus verschüttetem Wissen und Fiktion. Im vorliegenden Roman bringen gerade die literarischen Funde den Detektiv auf die richtige Spur. Diese sind keine Erfindung.

So etwa: Régis Messac (1893-1943), ein französischer Universitätsprofessor, der drei SF-Romane geschrieben hat. Sein erster war *Quinzinzinzili* (1935), in dem eine Gruppe junger Leute nach einem kataklysmischen Vernichtungsschlag versucht, das Überleben zu organisieren.[4] Auch der russische Schriftsteller Aleksej Nikolaevič Tolstoj (1883-1945), den der Tscheche Tomas Sotok als Vorbild anführt, hat 1925 wirklich einen Roman mit dem Titel *Giperboloid Inženera Garina* geschrieben.[5]

Schloß Dobříš, das gut vierzig Kilometer südlich von Prag liegt, wurde vor der »samtenen« Revolution tatsächlich vom Tschechoslowakischen Schriftstellerverband genutzt, und Louis Aragon (1897-1982) hat 1962 anläßlich der Verleihung der Ehrendoktorwürde durch die Karlsuniversität seine »Rede in Prag« gehalten.[6] Aragon war in den zwanziger Jahren Surrealist, später schloß er sich der Kommunistischen Partei an, seine Gedichte wurden z. B. von der Resistance zur Verschlüsselung von Funkbotschaften benutzt. Seit den sechziger Jahren wagte er eine vorsichtige Kritik am Staatssozialismus, vielleicht auch angeregt durch den tschechischen Dichter Vítězlav Nezval (1900-1958), der sich aus Protest gegen die stalinistische Diktatur aus dem Fenster stürzte. Aragons Parteinahme für ihn führte in Paris zu heftigen Auseinandersetzungen zwischen Anhängern und Kritikern des Staatssozialismus.

Die Bücher von Daeninckx stecken also voller Anspielungen, die vielleicht auch dann dem französischen Leser nicht immer geläufig sind, wenn es sich um »Klassiker« handelt. So etwa der Pariser Unterweltkönig Lacenaire[7] vom Anfang des 19. Jahrhunderts, der in dem Film »Die Kinder des Olymp« eine wichtige Rolle spielt, oder der Film *Hôtel du Nord* (1938) von Marcel Carné, einer der wichtigsten Filme des »poetischen Realismus« der dreißiger Jahre. Bernard Kouchner braucht als prominentes Mitglied der Gruppe »Ärzte ohne Grenzen« in Frankreich sicherlich nicht besonders vorgestellt werden. Daß das tschechische Wort *estebaci* auf den S.T.B., den tschechoslowakischen Geheimdienstes zurückgeht, wird allerdings sogar in der französischen Originalausgabe in einer Fußnote erklärt.

Da, wie Daeninckx selbst sagt, »die wesentlichen Ereignisse unserer Geschichte mit Schweigen übergangen und in Watte verpackt werden«, kommt es ihm darauf an, die Erinnerung an Städte, Dinge und Lebensbereiche wachzurufen: »Ich möchte herausbekommen, was der Grund für so viele Anstrengungen war, was von den Kämpfen und Ideen wahr bleibt: was noch gelebt werden kann und einen Sinn für uns hat.«

R.V.

1. *Tot in der ersten Runde*
2. *Der Allerletzte*
3. *Morde für Erinnerungen*
4. Die französische Fassung des Vaterunsers auf S. 65 lautet übrigens: *Bon Dieu, Pater Noster, Qui es in caelis, Donne-nous notre pain quotidien, RamŽne les bonbon, Et les cadeaux du Jour de l'An, Et les belles autos, Les autos qui roulent, Et le feu qui chauffe, Et tout ća qu'est bon, RamŽne la maman, Bon Dieu, Pater Noster, Qui es in caelis.*
5. Deutsch 1927 unter dem Titel *Geheimnisvolle Strahlen.*
6. Nachzulesen in: F. J. Raddatz (Hrsg), *Marxismus und Literatur III*, Reinbek bei Hamburg 1969, S. 184-191.
7. Vgl. *Memoiren eines Spitzbuben*, Berlin 1982.

Didier Daeninckx, 1949 in Saint-Denis geboren, gehört zu den bekanntesten und erfolgreichsten Schriftstellern der mittleren Generation in Frankreich. Er veröffentlichte zahlreiche Bücher in der Reihe »Serié Noire« bei Gallimard. »Das Schloß bei Prag«, 1994 bei Denoël erschienen, wurde von der französischen Kritik hochgepriesen.